Carole EWAN

Après un cursus universitaire en langues étrangères qui l'amène à vivre en Italie, puis en Angleterre, Carole Ewan s'est toujours passionnée pour les langues et les voyages.

Tout d'abord assistante commerciale export, elle devient quelques années plus tard, traductrice de l'italien vers le français.

C'est cette dernière activité qui lui a donné le goût des mots et qui l'a décidée à écrire son premier roman *Laura - Vies passées, destins partagés*.

Puis, désirant poursuivre dans cette voie, elle rédige un premier recueil de nouvelles *Et si toutes les histoires commençaient par un café* ainsi que deux livres jeunesse qu'elle a elle-même illustrés *Frisette, la petite sorcière* ainsi que *Frisette et ses recettes*.

Aujourd'hui, elle repart dans une autre aventure avec ce recueil de nouvelles et vit toujours en Touraine, entourée de sa famille.

Petits bonheurs en chocolat

Du même auteur

Aux Éditions Les 2 Encres

LAURA - VIES PASSÉES, DESTINS PARTAGÉS

Roman, 2013

Autoédition

ET SI TOUTES LES HISTOIRES COMMENÇAIENT PAR UN CAFÉ…

Recueil de nouvelles, 2015

FRISETTE, LA PETITE SORCIÈRE

Livre jeunesse, 2015

FRISETTE ET SES RECETTES

Livre jeunesse, 2016

Carole Ewan

Petits bonheurs en chocolat

NOUVELLES

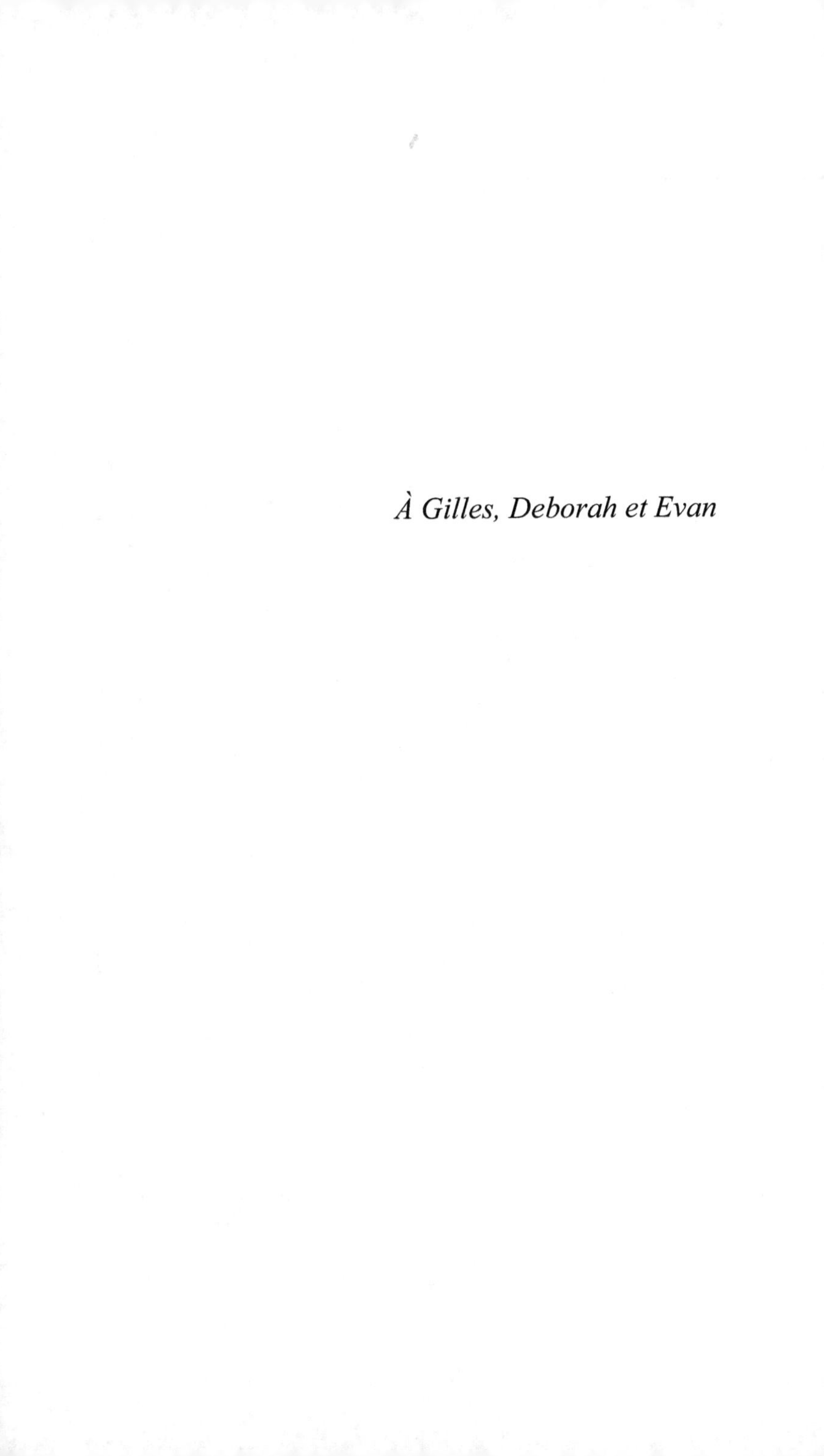

À Gilles, Deborah et Evan

Rire aux larmes

Le visage emmitouflé dans son écharpe en laine et les boucles de ses cheveux blonds sortant tout juste d'un bonnet enfoncé jusqu'aux oreilles, Pauline avançait péniblement dans la rue piétonne. Elle était bousculée par la neige qui volait par rafales et avait l'impression de ne plus rien voir entre les flocons qui tombaient abondamment.

Il faut absolument que je me réchauffe, pensa-t-elle frigorifiée.

Elle passa devant un coquet salon de thé dont les fenêtres aux huisseries blanches donnaient un petit air de Louisiane. Noël approchait et l'on distinguait à travers les vitres, les guirlandes électriques qui scintillaient gaiement.

Une brusque rafale de vent se mit à la pousser doucement, mais fermement. La neige continuait de virevolter autour d'elle, comme un tourbillon aux allures fantasques, comme si chaque flocon était animé par une volonté invisible. Pauline fut finalement dirigée vers l'entrée du salon de thé, comme par une main bienfaitrice qui l'aurait conduite à l'endroit où elle devait être.

Un jeune homme, la tête enfouie sous un bonnet péruvien aux multiples couleurs arriva au même moment et ils se bousculèrent sur le pas de la porte.

— Oh pardon ! Excusez-moi ! lui dit-il.

— Pardon, répondit-elle, gênée.

Lorsque Pauline se rendit compte que la distance entre elle et le jeune homme était relativement inconvenante et que celui-ci était trop près pour quelqu'un qu'elle ne connaissait pas… elle recula.

Julien le remarqua. Il lui dit alors, en enlevant son bonnet et en se frottant les cheveux pour se recoiffer :

— Excusez-moi ! Je vous ai fait peur.

Comment un jeune homme aussi beau et aussi charmant aurait-il pu lui faire peur ? Les cheveux d'un beau blond en bataille, des yeux verts clairs, un visage parfait, un charme fou et une douceur dans la voix, même sans le connaître, il lui inspirait confiance.

Mon Dieu, le Prince charmant… pensa-t-elle. Mais non ! Encore un qui a déjà une copine, j'en suis sûre, se ravisa Pauline, soudainement lucide.

Elle lui répondit, toujours aussi gênée :

— Non, non. Nous avons été bousculés par le vent et j'ai été surprise.

— Oui, c'est vrai ! Le vent est joueur aujourd'hui ! se mit-il à plaisanter.

— Ah ? dit-elle, étonnée de sa remarque.

Vous croyez ? ajouta-t-elle alors, souriante, désirant finalement relever la plaisanterie.

— Eh oui ! Un vrai taquin !

Cela la fit rire.

Le sourire de Pauline illuminait son visage

Julien la regarda avec plus d'intérêt. Elle était vraiment très jolie.

Tout en elle respirait la pureté : ses cheveux blonds, tellement fins, qui sortaient de son bonnet en boucles légères, ses yeux d'un infini bleu clair et les traits de son visage si délicats.

Mais ce qui avait surtout surpris Julien, c'était ce qu'il avait ressenti lorsque leurs corps s'étaient frôlés… ce laps de temps si infime durant lequel, il avait perçu quelque chose d'étrange. C'était comme si, il avait éprouvé ce que cette jeune femme ressentait, une dualité incompréhensible entre le corps et l'esprit, la conjugaison d'une faiblesse physique et d'une grande force morale.

Bien entendu, il aurait pu percevoir la fragilité de Pauline dans son teint blanc de porcelaine, la beauté si frêle d'une poupée que l'on pourrait casser.

Mais non, ce n'est pas ça ! pensait-il.

Julien ne s'expliquait pourquoi il avait ressenti cela, mais c'était ainsi.

Cette rencontre ne l'avait pas laissé indifférent, contrairement à la jeune femme qui semblait ne pas se soucier de lui…

Alors, lorsqu'elle partit en s'excusant, pour se diriger vers une table au fond du salon de thé, Julien resta immobile, comme hypnotisé, troublé par ce qu'il venait de vivre. Il la regarda s'éloigner. Puis, dès qu'elle s'assit et se tourna vers lui, de peur qu'elle ne s'aperçoive qu'il la suivait du regard, Julien secoua légèrement la tête pour se reprendre et partit s'asseoir à une autre table.

Ils burent leurs boissons chaudes chacun de leurs côtés et c'est seulement lorsque Julien quitta le salon de thé qu'il s'avança lentement vers la table de Pauline.

Il y déposa délicatement un chocolat à croquer, enveloppé dans un film transparent.

Julien venait de l'acheter au comptoir et il lui dit alors en murmurant :

— Pardon de vous avoir bousculée…

Puis, il s'éclipsa sans que Pauline n'ait même eu le temps de le remercier. Elle aurait pourtant voulu lui parler, mais aucun son n'avait réussi à sortir de sa bouche, tant elle était intimidée. Et le jeune homme avait disparu…

Une fois rentrée chez elle, après que la tempête de neige se fut calmée, Pauline pensa à l'endroit qu'elle venait de connaître. Elle s'était sentie tellement bien dans ce salon de thé, dans lequel elle avait commencé un très bon livre.

Ce dernier lui avait gentiment été réservé. Cela se passait comme cela ici : si quelqu'un trouvait un livre qui lui plaisait parmi les étagères appuyées au fond de la salle, il pouvait le réserver et la propriétaire des lieux le gardait alors précieusement de côté jusqu'à la prochaine visite de la personne. La propriétaire avait trouvé cette idée pour fidéliser la clientèle. Pauline quant à elle, préférait ne pas regarder l'aspect marketing de la chose et trouvait cela simplement très sympathique. Outre cette idée originale, elle avait adoré le lieu, mélange de décoration ancienne chic et d'ambiance chaleureuse. L'ancien chic était mis en relief par des meubles blancs patinés, tandis que des coussins moelleux, aux couleurs automnales, donnaient une note harmonieuse et chaude à l'ensemble.

C'est dans cette atmosphère tout en douceur que Pauline avait commandé une tasse de chocolat. Elle en avait bu une première gorgée, avait fermé les yeux et s'était sentie bien. Cette mousse qui venait lui chatouiller le nez, ce véritable goût de lait : toutes ces sensations gustatives et olfactives, la faisaient remonter une vingtaine d'années en arrière, lorsque sa grand-mère l'emmenait quelquefois, le samedi, boire un chocolat chaud dans un salon de thé de la vieille ville. En y repensant, elle se disait que cet espace accueillant, dans lequel elle avait passé une partie de la matinée, ressemblait un peu au même endroit. Elle entendait encore le doux bruit du percolateur, qui sonnait comme une agréable musique à ses oreilles.

Et puis, durant ce moment hors du temps, enfermée dans ce nouveau lieu à cause de la neige folle, elle avait regardé les flocons qui s'était amoncelés tranquillement sur le rebord de la fenêtre Louisiane. La poudreuse semblait alors avoir la même allure que celle de la mousse onctueuse qui surplombait sa tasse de chocolat.

Enfin, dans ce salon de thé dans lequel elle venait d'entrer, il y avait eu cette rencontre…

Le jeune homme était beau et attentionné.

Ce dernier avait cru que Pauline était restée indifférente à leur bref tête-à-tête inopiné. Elle savait juste très bien jouer la comédie.

D'ailleurs, la jeune femme décida d'y retourner, dès le lendemain.

Elle y croisa Julien. Ils arrivèrent une nouvelle fois en même temps, mais cette fois-ci ne se bousculèrent pas.

Il est vrai que de loin, Julien l'avait vu arriver, tandis que Pauline l'avait remarqué elle aussi quelques mètres avant l'entrée.

— Je vous laisse passer la première cette fois-ci, lui proposa-t-il élégamment.

— Merci, vous êtes gentil, répondit Pauline, flattée de la belle attention.

Elle tournait à présent le dos à Julien et sans trouver le courage de se retourner, Pauline pensait :

Va-t-il me proposer qu'on boive quelque chose ensemble ?

Le jeune homme ne voulait pas paraître trop cavalier. Il n'avait pas l'habitude d'être timide avec les filles, mais cette fois-ci, c'était différent. Pauline était différente.

Il était encore sous l'impression qu'il avait ressentie en la touchant. Pauline semblait fragile comme du verre, un écrin précieux abritant sûrement un cœur en or.

Julien partit s'asseoir à une autre table. Pauline était déçue, mais accepta de ne pas lui plaire.

C'est seulement, lorsqu'elle s'absenta quelques minutes aux toilettes, qu'elle remarqua tout de suite à son retour, ce petit « intrus » sur la table, ce petit élément qui n'était pas là avant son départ. Elle tendit la main pour le saisir et sourit.

C'était un chocolat à croquer que l'on voyait à travers son emballage transparent.

Pauline releva la tête pour remercier le jeune homme rencontré la veille. Il avait disparu.

Le lendemain, ils arrivèrent encore une fois en même temps et à la même heure que les jours précédents. Julien la regarda avec insistance lorsqu'ils se retrouvèrent sur le pas de la porte. Pauline rougit… hésita à le remercier pour le chocolat. Le courage de la veille s'était envolé.

Ce n'est peut-être pas lui après-tout… J'aurais l'air bête s'il croit que je crois qu'il me drague… et que ce n'est pas vrai…

Oh la la ! Je m'embrouille là ! Heureusement qu'il ne m'entend pas penser !...

Pauline trouva ainsi toutes les excuses possibles et inimaginables pour se cacher derrière sa timidité.

Quant à Julien, il pensait :

Je ne voudrais pas qu'elle croit que je ne m'intéresse pas à elle. Même si c'est sûrement ce qu'elle croit.

Quoique peut-être qu'elle n'y croit pas ?

Bon, je commence à m'embrouiller. Heureusement qu'elle n'entend pas ce que je pense !...

Si je laisse trop trainer les choses, on risque de ne plus oser se parler…

Il s'apercevait de la gêne qui commençait à s'installer entre eux, mais décida pourtant lui aussi de reporter son courage au lendemain.

Et c'est seulement le jour suivant qu'il se hasarda enfin à lui parler :

— J'ai remarqué que vous étiez seule… enfin, je ne veux pas dire seule : célibataire… Je voulais dire : seule à table… Enfin… Je ne sais pas si vous me comprenez ?…

Qu'est-ce-que je suis en train de raconter ? se dit-il alors. Je n'arrive même pas à aligner deux mots. C'est la « cata » !

Et Julien commença à s'embrouiller dans ses propos.

Pauline, au contraire, trouvait cela adorable. Elle aimait les garçons doux et gentils. Ceux qui étaient trop sûrs d'eux avaient tendance à l'intimider et à presque l'écraser de leur fort tempérament. Elle répondit donc tout simplement :

— Oui, si vous voulez.

Déstabilisé par sa gêne grandissante, Julien se demanda intérieurement :

Oui, si vous voulez, à quoi ? Je ne sais même plus ce que j'étais en train de lui demander…

Ah si !... de boire un verre avec moi.

Youhou ! Elle est d'accord !

Il lui répondit ainsi l'air de rien (alors qu'il était en réalité complètement paniqué) :

— D'accord. On peut s'installer là si vous voulez.

— Oui, c'est très bien.

La première conversation fut banale. Mais bien vite, les deux jeunes gens se trouvèrent des points communs : le goût pour le cinéma comique, *Les Visiteurs*, *Bienvenue chez les Ch'tis* ou *Dîner de cons*, les humoristes, anciens ou actuels : Louis de Funès, Bourvil, Dany Boon ou encore Florence Foresti.

Finalement, ils terminèrent leur rencontre en riant aux éclats, trouvant toujours de nouvelles anecdotes à raconter.

Julien et Pauline décidèrent de se voir le lendemain, puis le surlendemain. Et puis encore les jours suivants.

Ce n'est que quelques semaines plus tard qu'elle trouva le courage de lui dire la vérité.

Cela faisait plusieurs mois que Pauline se battait contre un fléau qui lui accaparait beaucoup de temps et beaucoup d'énergie. Elle luttait contre un crabe qu'elle ne percevait pas, mais qu'elle savait présent à l'intérieur de son corps.

Pauline avait un cancer.

C'est la faiblesse qu'il avait ressenti lorsque leurs corps s'étaient touchés.

Lorsqu'elle lui parla de sa maladie, les larmes avaient roulé sur les joues de Julien.

Il ne pleurait jamais, mais la seule idée de penser qu'il pourrait un jour la perdre, lui avait déchiré le cœur. Les larmes avaient coulé, puis s'étaient taries. Il lui avait alors promis que les pleurs seraient toujours remplacés par les rires. Et il tint sa promesse.

En effet, quand Pauline était triste, Julien savait toujours détourner son attention vers des choses plus gaies. Les week-ends, lorsqu'elle était trop fatiguée pour se promener, il lui sortait de son sac telle une Mary Poppins des temps modernes, une pile de films drôles, de spectacles comiques ou de sketches humoristiques. Ces après-midis de rires jusqu'aux larmes donnaient à Pauline l'envie de se battre et l'humour lui permettait de prendre de la distance vis-à-vis de sa maladie.

Mais il n'y avait pas que les films comiques qui la faisaient rire. Julien aussi. Elle était si heureuse avec lui que les cellules cancéreuses furent détruites peu à peu par des cellules jeunes et saines.

— Comment cela est-il possible ? avait-elle demandé.

On lui avait répondu que de plus en plus de recherches scientifiques émettaient l'hypothèse que le rire et la bonne humeur pouvaient guérir.

Pauline connut ainsi une période de rémission.

Les années qui suivirent, il y eut bien sûr des moments de doutes, d'attente d'examens, durant lesquels Julien sut toujours la rassurer et lui redonner le sourire.

Il ne voulait pas douter. Il voulait y croire. Il fallait y croire.

La guérison était là, elle était réelle et il n'était pas illusoire de penser qu'elle allait être définitive.

Finalement, les chimiothérapies ne furent plus que de mauvais souvenirs.

Cela lui paraissait invraisemblable, mais c'était un fait : le bonheur l'avait guérie.

Pauline et Julien décidèrent alors de s'engager auprès des clowns dans les hôpitaux.

Pauline savait combien le rire pouvait permettre, durant ce petit moment de bonheur, d'oublier la peine, la douleur, l'ayant elle-même vécu.

Ils parcoururent de nombreuses fois les allées des services hospitaliers, apportant joie et sourires sur les visages fatigués.

Lorsqu'ils faisaient leur apparition, l'espace d'un instant, le temps se soulevait, l'espace d'un instant, il n'y avait plus ni douleurs ni peines ; toute l'attention était portée sur leurs grimaces et leurs pitreries. Les enfants oubliaient les perfusions, les traitements et cela leur faisait du bien.

Julien et Pauline consacrèrent toute leur vie à cette activité du cœur. Et parce qu'ils avaient toujours été vêtus de costumes marrons avec d'énormes pois roses, on les avait surnommés « Les Clowns Chocolat » !

Actrice

Assise sur le canapé confortable et luxueux de son salon, Amandine croqua dans un carré de chocolat noir à 70% de cacao, tout en relisant le texte qu'elle devait apprendre par cœur pour le lendemain.

— Le chocolat booste la mémoire, c'est bien connu ! affirma-t-elle tout haut.

Plutôt mince, Amandine faisait partie de la catégorie des gourmandes chanceuses, celles qui peuvent se permettre de manger tout ce qu'elles veulent sans prendre un gramme.

— Si, si, c'est possible ! disait-elle alors, face à sa télévision, lorsqu'il y avait un programme sur les inégalités génétiques quant à la prise de poids.

— La preuve ! Je suis là ! renchérissait-elle.

Amandine engloutissait ainsi, au gré de ses envies, gourmandises fruitées ou biscuits chocolatés, surtout lorsqu'elle avait un script à apprendre.

Son chat Réglisse venait souvent se blottir contre elle en ronronnant. Il cherchait, en lui donnant de légers coups de patte, à obtenir quelques grammes de chocolat. Elle cédait quelquefois… mais ne lui donnait qu'un minuscule morceau, se doutant que cela n'était pas bon pour lui.

Puis, elle rangeait la tablette une bonne fois pour toutes, afin que son chat la laisse tranquille et qu'elle évite par la même occasion une indigestion.

Elle récitait son texte à voix haute et décida soudain de se mettre devant le miroir pour voir quel effet cela donnait. Après tant d'années, elle arrivait enfin à se regarder…

Cela avait été long. Jeune, elle portait des lunettes et un appareil dentaire et s'était toujours complexée de devoir porter cet attirail qu'elle trouvait superflu. Elle ne comprenait pas à l'époque pourquoi elle devait porter un tel engin de torture sur ses dents. Cela lui meurtrissait l'intérieur des joues et les séances chez l'orthodontiste étaient un véritable calvaire. Quant aux lunettes, elle avait l'impression qu'elles lui mangeaient le visage. Alors quand elle se trouvait seule dans sa chambre, elle dansait et dansait devant son miroir ; sa paire de lunettes ayant été mise à l'écart, posée nonchalamment sur sa commode ou sur son lit, son appareil dentaire souvent caché par sa main comme si cela faisait partie d'une chorégraphie anodine. C'était les seules fois où elle se sentait belle.

Et puis, elle demandait souvent à sa mère :

— Maman, pourquoi est-ce que je suis si grande ?

— C'est génétique ma chérie ! Moi aussi, j'ai toujours été la plus grande de ma classe. Et ton père aussi d'ailleurs.

— Mais moi, je ne veux pas être la plus grande ! Je veux être comme tout le monde.

Amandine avait alors pris l'habitude de se tenir le dos courbé pour avoir la même taille que les autres enfants de son âge.

Puis, l'adolescence était passée, son appareil dentaire enlevé, les lunettes remplacées par des lentilles de contact. La taille d'Amandine était désormais devenue un atout même si elle ne s'en rendait pas toujours compte. Aussi grande qu'une top model, elle avait désormais un corps de rêve et fut d'ailleurs vite découverte par un chasseur de têtes qui travaillait pour une agence de mannequins.

C'était une journée d'été, alors qu'elle se trouvait sur une plage de la Côte d'Azur, en compagnie de Sophie. Cette dernière était venue en vacances avec elle et ses parents afin qu'Amandine ne s'ennuie pas en se retrouvant uniquement avec des adultes. À quinze ans, il lui était difficile de passer des vacances seule avec sa famille. C'était tellement plus amusant d'inviter sa meilleure amie !

Elle les avait remerciés en leur sautant au cou, ce qui était assez rare.

— Merci Papa ! Merci Maman ! Oh ! Comme je suis contente ! Je vais prévenir Sophie tout de suite ! On va passer des vacances de rêve !

Et elle s'était jetée sur le téléphone afin de prévenir son amie au plus vite.

Durant les soirées estivales, on leur permit de sortir en boite de nuit ou d'aller boire un verre. La mère d'Amandine avait tellement peur que les filles fassent de mauvaises rencontres qu'elle était prête à se lever en pleine nuit pour aller les chercher à la sortie de la discothèque. Elle se rassurait comme cela, tout en ayant bonne conscience de donner une certaine liberté à sa fille.

Le chasseur de têtes était donc venu demander à Amandine, alors qu'elle était nonchalamment étendue sur la plage de galets et qu'elle discutait avec Sophie, si elle avait déjà songé à être mannequin. La jeune fille de quinze ans l'avait regardé avec de grands yeux étonnés, sous le regard envieux de sa meilleure amie.

— Je vous donne ma carte au cas où cela vous intéresserait…

— Merci, avait répondu timidement Amandine.

Et lorsque l'homme s'était éloigné, Sophie n'avait pas manqué de lui dire :

— Waah ! La classe ! Tu te rends compte si tu étais mannequin ! Toutes les filles en rêvent !

— Oui ! C'est vrai que ça pourrait être drôle ! Et puis, je pourrais rencontrer des stars !

— Imagine si tu te mariais avec Brad Pitt ? Il est trop beau ! Ou Johnny Depp ?

Le soir même, lorsqu'elle était rentrée à l'hôtel où se trouvaient ses parents, Amandine leur en avait parlé. Très méfiants, ces derniers avaient mené l'enquête sur l'agence dont parlait le chasseur de têtes. Celle-ci était heureusement sérieuse et il n'y eut aucune mauvaise surprise.

C'est de cette façon qu'Amandine était devenue mannequin, tout naturellement, en toute facilité, comme si cela était prédestiné… comme si cela faisait partie d'une étape par laquelle elle devait absolument passer.

On lui apprit à marcher la tête haute. C'en était fini du dos courbé par la honte d'être différente.

Mais faire du mannequinat ne lui plaisait pas, alors quand on lui proposa, quelques années plus tard, de tourner dans un premier film, elle fut au comble de l'enthousiasme.

En réalité, peu de personnes le savaient, mais Amandine passait régulièrement des auditions. Finalement, un jour, sa persévérance paya. Il est vrai que son physique parfait et sa féminité naturelle lui donnaient un avantage certain vis-à-vis d'autres jeunes filles.

Elle y parvint aussi à force de travail, quoique cela lui plaisait tellement qu'elle ne pouvait le considérer comme un véritable labeur.

Amandine possédait tout simplement un don pour le métier d'actrice.

En effet, voyant qu'elle se renfermait de plus en plus dans sa coquille, sa mère l'avait poussée quelques années auparavant, à prendre des cours de théâtre. Cela lui avait toujours plu. En jouant un rôle, elle était quelqu'un d'autre… une personne plus petite, plus forte, plus audacieuse… plus heureuse.

Et puis, il y avait toujours la même troupe. Ils se voyaient tous plusieurs fois par semaine : Amandine, Mathieu, Sylvain, Véro, Sophie, Valérie et Nicolas.

Lorsqu'elle eut dix-huit ans, elle put s'acheter une voiture grâce à ses cachets de mannequinat. Ils étaient toujours la même bande à sortir ensemble.

La plupart d'entre eux fumaient beaucoup et avaient tendance à boire un peu trop lors de leurs sorties festives du week-end. Comme Amandine ne buvait pas d'alcool, c'est elle qui conduisait. Elle préférait cela à un accident.

Elle n'avait jamais été attirée ni par la cigarette ni par l'alcool, malgré les habitudes de ses amis. C'était une règle de conduite qu'elle s'était fixée et n'avait pas envie d'être le mouton qui suivait le troupeau.

— Allez Amandine ! Essaye ! Juste une taffe ! avait proposé Sophie plus d'une fois.

— Non, je t'assure ! J'ai déjà essayé. Je n'aime pas ça !

Pourquoi se forcer ? Cela n'empêchait pas ses amis de l'inclure dans le groupe.

Était-ce pour cette raison qu'elle avait gardé son magnifique teint de pêche ? Sûrement…

Alors que Sophie arrivait tous les matins avec un teint blafard, typique des lendemains de fête, Amandine gardait une peau parfaite, toujours en bonne santé.

— Comment tu fais pour être en forme après le week-end qu'on a passé ? lui demandait alors sa meilleure amie.

— J'ai dormi et j'ai pris des vitamines pardi !

— Dormi ? Tu parles ! On s'est couchés à cinq heures du mat, dimanche matin !...

— Lendemain détox à base de fruits frais et de pain complet. Allez, ma Soso ! Viens ! Tu vas émerger au cours de Perron ! Rien de tel qu'un bon triturage de cervelle en maths pour réveiller tes neurones !

— Arrête ! Ne m'en parle pas ! J'en suis malade d'avance ! Je n'arriverai jamais à me concentrer.

— Mais si, mais si ! Tu verras !...

Puis, les sorties entre copains s'étaient changées en rencontres plus calmes au restaurant ou en invitation chez les uns ou chez les autres. Certains avaient déménagé pour trouver du travail dans une autre ville. Cela avait été le cas de Mathieu, qui était parti à Toulouse. L'éloignement avait fait qu'ils l'avaient tous perdu de vue. Quant à Nicolas, il était désormais marié et avait deux enfants.

Les années avaient défilé et malgré l'attachement qui la liait à ses amis, Amandine ne les voyait plus. Sophie était la seule avec qui elle avait gardé contact.

Les réseaux sociaux avaient ensuite fait leur apparition dans la vie de tous et Amandine prit un pseudo que personne ne connaissait. Elle avait alors lié des amitiés virtuelles qui n'auraient été possibles, si ses nouveaux amis avaient su qui elle était réellement. Amandine savait bien que la célébrité ternissait les véritables liens entre les gens. Elle se permettait alors d'être drôle ou d'exprimer ses propres opinions, sans que personne ne la juge vraiment, car elle se cachait sous le pseudo d'Arwen, prénom que personne ne portait puisqu'il existait uniquement dans l'imaginaire d'un certain Tolkien.[1]

Ceux qui la connaissaient auraient dit que cela lui allait à la perfection puisqu'elle avait effectivement le visage aussi pur que celui d'une elfe... avec ses yeux clairs, son nez en trompette et sa bouche au dessin enfantin.

Dans le monde des réseaux sociaux, c'était un peu comme lorsqu'elle jouait un rôle. Quand elle mettait des photos de son appartement, tout était beau, tout était propre alors qu'en réalité, derrière l'appareil-photo, il y avait un véritable bazar. Et puis, elle se retrouvait dans un monde de futilité et d'insouciance qui lui faisait tellement de bien. Elle allait sur les pages où l'on n'exposait pas ses problèmes et s'évadait...

Cette fois-ci, ce n'était plus elle qui proposait du rêve, c'était elle qui en trouvait.

Il s'appelait Mathieu Dupont.

Elle eut un peu de mal à trouver sa trace jusqu'à ce qu'elle... tombe un jour sur le profil toujours aussi charmant d'un beau brun aux yeux noisette.

Son pseudo était désormais Mat Dup et elle avait réussi à le retrouver en naviguant sur les profils de

---

[1] Arwen est le prénom donné par J. R. R. Tolkien à une elfe dans la trilogie du « Seigneur des anneaux ».

leurs anciens amis.

Huit ans qu'elle ne l'avait pas vu…

Son visage n'avait pas changé. Il avait peut-être un peu moins de cheveux. Mais qu'importe ! Le charme était toujours présent.

Sans décliner son identité, Amandine lui proposa d'être ami avec elle sur un réseau social connu.

Mathieu n'était pas très pointilleux et avait tendance à accepter toutes les invitations qui se présentaient à lui. La photo de profil d'Arwen était mystérieuse et cachait son visage. Il ne la reconnut donc pas.

Plusieurs mois s'écoulèrent et ils firent de nouveau connaissance sur les réseaux sociaux… comme s'ils ne s'étaient jamais connus.

Elle mourrait pourtant d'envie d'évoquer avec lui les vieux souvenirs et de le revoir, mais elle savait aussi que sa célébrité faussait les rapports avec les autres, surtout avec les hommes, qui s'attendaient à la voir aussi parfaite qu'à l'écran.

Alors, Amandine décida d'être patiente.

Ils avaient l'habitude de fréquenter les mêmes pages ainsi que les blogs d'amoureux de la lecture.

Elle s'était habituée petit à petit à un vocabulaire qui n'existait pas quelques années auparavant. Quelle surprise pour elle lorsqu'elle était tombée un jour sur la phrase suivante : « Merci de m'avoir tagué, mais je ne dois surtout pas augmenter ma Wish List. Ma PAL est déjà pleine à craquer. Je te tague pour un prochain SWAP. OK ? »

Euh !... Mais quelle est cette langue étrange ? avait-elle pensé avec humour, se moquant un peu d'elle-même quant à son manque de connaissances.

Du chinois !...s'était-elle alors dit. Puis, ces nouveaux mots avaient finalement fait partie de son vocabulaire à elle aussi, après que Sophie soit passée par là et lui ait donné quelques cours de « rattrapage ».

— Bon alors, un SWAP, c'est quoi ?

— Un échange de colis !

— Ouais ! Bonne mémoire !

— J'ai plutôt intérêt dans mon métier ! lui répondit Amandine, en souriant.

— Bon maintenant… Attention !... C'est plus difficile ! Il y a deux mots : « Wish List », c'est quoi ?

— Euh !... Facile quand on parle anglais… Attends un peu… Oui, je sais ! Les livres qu'on a envie d'avoir !

— Yes !

— Maintenant en français ! PAL ?

— Ce n'est pas de la nourriture pour chiens ça ? Sophie éclata de rire.

— Qu'est-ce que tu racontes ?

Puis, la mémoire lui revint et elle s'exclama : Ah oui ! Tu as raison ! La pub avec le chien qui court !

— Pedigree Pal ! s'écrièrent-elles toutes les deux en chœur.

— Bon allez, un petit dernier pour la route… Que veut dire « taguer » ?

— Ouh la la !... Qu'est-ce que c'est que ce truc ? Les tags, c'est ce qu'il y a sur les murs…

— Oui, mais encore ?...

— Alors là, je ne vois pas du tout.

— Bon, je vais t'aider : Tu tagues quelqu'un quand tu cites son nom !

— D'accord. Rien à voir avec les peintures, alors ?

— Eh non !

— Bon, je vais en avoir des choses à me rappeler…

— Ne t'inquiète pas ! Ça viendra tout seul, tu t'en rappelleras à force de les voir et de les utiliser !

— Oui, après tout, je ne vais pas me prendre la tête avec ça. Cela doit rester de la détente !

— Oui, même si cette détente te permet de séduire à nouveau l'homme de tes rêves… lui répondit Sophie, en la taquinant.

— Arrête ! Ce n'est pas non plus l'homme de mes rêves.

— Mon œil ! lui dit cette dernière, en mimant l'expression.

— Bon, disons que je n'ai jamais réussi à totalement l'oublier…

— C'est bien ce que je disais ! conclut Sophie, victorieuse à l'idée que son amie lui ait enfin avoué son attirance pour le fameux Mathieu Dupont.

D'ailleurs, cette dernière était la seule à avoir connaissance du subterfuge. Amandine lui avait fait promettre de ne jamais décliner sa véritable identité. L'actrice Amandine Faway devait rester Arwen jusqu'à ce qu'elle décide un jour de dire la vérité…

— Tu me promets de ne jamais en parler à personne ?

— Promis ! Juré ! De toute façon, tu sais… un jour, Mathieu va s'en rendre compte.

— On verra bien… Pour l'instant, je ne préfère rien lui dire.

— Et s'il me demande de tes nouvelles, qu'est-ce que je lui dis ?

— Tu n'as qu'à lui dire que je suis partie vivre en Australie !

— Et bien sûr, tu crois qu'il va me croire ?... On voit tes photos partout dans les magazines ! La plupart des gens qui t'ont connue savent que tu vis à Paris !

— Dis-lui que tu m'as perdue de vue !

— Arrête ! Il ne va jamais me croire…

Une année entière passa, laissant le temps à Amandine et à Mathieu de se connaître à nouveau, en échangeant diverses opinions sur les réseaux sociaux et sur les blogs littéraires.

Un an exactement après avoir échangé leur première conversation, ils décidèrent avec d'autres amis de se retrouver au Salon du livre de Paris.

Sophie, qui aurait bien voulu être présente, n'avait pu venir ce week-end-là, ayant une fête familiale prévue dans le sud de la France.

Amandine arriva ce samedi matin, au Salon du livre, très intimidée.

Elle voulait se fondre dans la foule et paraître

anonyme.

Un bonnet enfoncé jusqu'aux oreilles et une paire de lunettes de soleil devraient faire l'affaire, avait-elle pensé.

L'essentiel était qu'elle le reconnaisse la première.

Ce fut le cas.

Elle le vit au loin discutant avec trois autres personnes. Elle s'arrêta. Que devait-elle faire ? L'appeler sur son téléphone portable pour lui demander de la rejoindre ? S'avancer vers le groupe, en prenant le risque d'être mal à l'aise ?

Pétrifiée, elle n'osait plus bouger. Lorsqu'elle avait accepté l'invitation sur internet, elle avait été enthousiaste. Retrouver les personnes avec lesquelles elle avait l'habitude de dialoguer sur les sujets qui la passionnait était très exaltant. Mais à présent qu'elle se trouvait à quelques mètres d'eux, prête à décliner son identité, le courage avait disparu.

Amandine décida de regarder les livres étalés sur quelques stands, histoire de se changer les idées et de gérer son stress. Mais celui-ci était tellement dense qu'elle n'arrivait pas à se concentrer en lisant les quatrièmes de couverture. Elle n'avait jamais eu autant le trac… Même un soir de première, en montant sur les planches devant plusieurs dizaines, voire plusieurs centaines de personnes, elle arrivait à reprendre le contrôle de ses émotions. Mais cette fois-ci, c'était différent, elle se retrouvait face à une personne qu'elle connaissait, qu'elle avait connue lorsqu'elle n'était encore qu'une jeune fille.

L'affectif était trop en jeu, l'affection qu'elle lui portait trop puissante.

Amandine décida finalement d'appeler Mathieu sur son portable.

Je vais lui demander de me rejoindre, pensa-t-elle. Puis, se ravisant, elle se dit :

Mais quel prétexte trouver ?

Euh ! J'aurais besoin de lui pour choisir un livre ?… Mais les autres vont vouloir venir aussi. Non, il faut que je trouve une raison pour qu'il vienne seul… Je sais !

Elle commença à chercher le numéro de Mathieu sur le répertoire de son téléphone portable, sélectionna son nom et appuya sur le téléphone vert, signe que l'appel allait se faire à l'instant même. Son cœur battait à tout rompre.

— Allo ? répondit-il. Arwen, c'est toi ?

— Euh… Oui… hésita-t-elle.

C'est vrai, je suis Arwen, je ne suis pas Amandine, pensa la jeune femme. Il ne me connait que sous le pseudo d'Arwen…

— On est devant le stand de Babelio. Il y a un monde fou ! Dépêche-toi, on t'attend !

— Je… je… je ne peux pas venir. J'ai la grippe, dit-elle sans réfléchir.

Le fait qu'il l'appelle Arwen l'avait complètement déstabilisée.

— Oh ! Quel dommage ! On aurait bien aimé te voir ! Bon bah, repose-toi bien.

— Merci, dit-elle timidement.

— On se verra à une prochaine rencontre, d'accord ?

— D'accord, répondit-elle de plus en plus timidement, déjà honteuse du mensonge qu'elle venait d'inventer.

— Promis ?

— Promis.

— Bon bah, salut !

— Salut.

Mathieu se dit alors, en raccrochant le téléphone :

— Étrange… il me semble connaître cette voix. Ça ne peut pas être ?… Non, c'est impossible !

Il se tourna dans sa direction, semblant chercher quelqu'un du regard.

Avait-il ressenti sa présence ? Avait-il l'intuition qu'elle se trouvait là… tout prêt de lui ?

C'est possible après tout ! pensa Amandine. On était tellement complices avant qu'il ne parte à Toulouse. Il paraît que les transmissions de pensée peuvent avoir lieu entre deux personnes qui se ressemblent ou qui s'entendent bien. Et puis, on a renoué des liens depuis l'année dernière. Il m'a peut-être reconnue ?

Amandine réfléchissait à cela, tout en se cachant derrière un panneau publicitaire.

Puis, consciente de ce qu'il venait de se passer

durant les dernières minutes, elle pensa soudainement affolée :

Quelle catastrophe ! Pourquoi j'ai été raconté ça ? La peur m'a fait dire n'importe quoi… C'est malin, je vais être obligée de repartir. Pourvu que personne ne me reconnaisse. J'ai intérêt à m'en aller avant que quelqu'un ne le fasse.

Amandine sortit du Salon du livre, à toute vitesse, tête baissée. Elle prit un taxi et rentra chez elle incognito, comme elle l'avait voulu. Elle s'assit sur son canapé, alluma machinalement la télévision pour donner l'illusion d'une présence, se prépara un café expresso et sortit une tablette de chocolat arôme « Tarte au citron meringuée ». Elle revint vers le canapé, s'assit à nouveau et les mains lui couvrant les yeux, elle se mit à pleurer à chaudes larmes. Son chat Réglisse vint se blottir contre elle et lui lécha les larmes qui roulaient sur ses joues, comme s'il avait compris son chagrin et qu'il voulait la consoler. Elle le prit sur ses genoux en lui disant :

Pourquoi j'ai été aussi bête ? J'aurais quand même pu y aller… Cela aurait été tellement bien de revoir Mathieu… En plus, il a fait tant de kilomètres pour venir jusqu'à Paris… Je suis bête. Je suis vraiment trop bête.

Ce jour-là, un Salon avait laissé place à un autre salon… beaucoup moins vivant, avec beaucoup moins de monde et surtout sans amis.

Amandine resta la journée entière à ressasser des

idées noires devant la télévision. Décidément, sa réalité était bien éloignée des belles histoires d'amour qu'elle incarnait à l'écran.

Pourtant, je devrais m'en inspirer… se lamentait-elle. Pourquoi est-ce que je ne suis pas aussi courageuse que mes héroïnes ?

— Parce que la vie, ce n'est pas comme dans un film… lui aurait répondu Sophie.

— Il y en a pourtant qui connaissent de belles histoires, même dans la vraie vie… lui aurait-elle suggéré.

— Il faut croire que ce n'est pas pour nous… aurait soupiré l'amie fidèle.

Quant à Mathieu, il se coucha, ce soir-là, les idées embrouillées par la fatigue, la foule croisée durant la journée, l'enthousiasme et le souvenir des belles rencontres… Mais la scène à laquelle il n'arrêtait pas de penser était celle de l'appel d'Arwen, puis le fait que son regard ait été irrésistiblement attiré dans une direction… cette direction vers laquelle il était persuadé de la trouver, bien qu'elle lui dise le contraire.

Cette voix… pensait-il. Je la connais…

Il avait bien pensé à Amandine Faway, son amie d'il y a vingt ans, qu'il avait connue sous son véritable nom Amandine Fanée. Il avait d'ailleurs souri lorsqu'il avait vu qu'elle avait pris un pseudonyme. Effectivement « Faway » était beaucoup plus glamour que « Fanée » qui aurait renvoyé l'image d'une vieille fleur, flétrie par la vie. Puis, il avait rejeté l'idée, se disant qu'une actrice avait autre chose à faire que de se promener sur les réseaux sociaux et sur les blogs littéraires.

Mathieu était loin de la réalité.

Il avait toujours gardé de bons souvenirs d'Amandine.

Mais maintenant cette dernière est une star… pensait-il en soupirant. On ne fréquente pas les mêmes personnes ni le même milieu. Elle côtoie des gens célèbres tandis que je vis au milieu de « monsieur et madame tout le monde ».

Il l'imaginait désormais inaccessible, alors qu'Amandine pensait à lui avec nostalgie. Elle avait beau être célèbre et avoir du succès, cela ne lui apportait pas pour autant de stabilité sentimentale. Les hommes qui lui plaisaient n'étaient pas ceux qu'elle côtoyait dans son métier, certains acteurs étaient tellement orgueilleux et prétentieux qu'ils en devenaient insupportables. En réalité, ceux qui l'attiraient étaient ceux de ses souvenirs, ceux qu'elle avait aimés lorsqu'elle n'était encore qu'une inconnue.

Le lendemain matin, Amandine se réveilla le vague à l'âme. Elle avait très mal dormi et se culpabilisait de s'être laissée entrainer par le tourbillon émotionnel de la peur. La voix de sa conscience lui avait pourtant rappelé que quelquefois il faut se faire violence en affrontant ses propres émotions, même si celles-ci sont intenses. Amandine avait négligé de l'écouter et se retrouvait à présent allongée dans son lit, la couette remontée jusqu'au nez, à regarder le plafond en songeant à la merveilleuse journée qu'elle avait manquée.

Après une demi-heure de réflexions négatives, elle prit finalement « L'Allée du roi » sur sa table de chevet, roman historique qui jusqu'à présent la passionnait, mais pour une fois, elle ne réussit pas à se concentrer sur sa lecture. Amandine se leva alors et prit un petit déjeuner frugal.

Elle resta en chaussons et en pyjama toute la matinée.

Si Mathieu me voyait comme ça, il me trouverait sûrement très sexy… se dit-elle avec une moue dubitative, en s'arrêtant devant le miroir de l'entrée. Rien de tel pour séduire un homme que de beaux chaussons roses pastel à pompon et un pyjama en coton de la même couleur !

Sa réflexion la fit sourire et elle se décida enfin à prendre une douche, puis à s'habiller.

Ce même lendemain matin, Mathieu se réveilla dans sa chambre d'hôtel, avec une idée précise en tête. Il avait bien reconnu la voix au téléphone.

— C'était la voix d'Amandine ! J'en suis sûr ! affirma-t-il, déterminé.

Il était certain que la nuit portait conseil et que cette idée qui lui revenait sans cesse n'était pas anodine.

Mathieu prit son téléphone portable. Il avait sûrement les coordonnées d'Amandine sur son répertoire. Dernièrement, il avait enregistré celles de toutes ses connaissances, même de ses anciens amis au cas où cela lui servirait un jour.

— Mais elle a dû changer d'adresse… depuis le temps… se dit-il tout haut. Et si je demandais à ses parents ? Ils me reconnaîtront sûrement. Ils m'appréciaient quand nous étions plus jeunes.

Il regarda sa montre, en se disant :

— Sept heures. Je ne vais pas les appeler à cette heure-là… Surtout pas un dimanche !

Bon, je vais aller au Salon du livre comme prévu. J'ai promis aux autres de les rejoindre et j'appellerai les parents d'Amandine un peu plus tard. De toute façon, je ne repars que mardi.

Mathieu se prépara et repartit au Salon du livre pour une seconde journée. Avec ses amis lecteurs, il parcourut les allées et les stands et fit sa réserve de romans. Le temps passa très vite et sans qu'il ne s'en soit rendu compte, la fin de matinée arriva à grands pas, heure qu'il estimait correcte pour appeler les parents d'Amandine sans les déranger.

La mère de l'actrice lui donna les nouvelles coordonnées de sa fille, après lui avoir posé une série de questions, afin d'être certaine qu'elle s'adressait bien à la bonne personne. Elle avait souvent croisé Mathieu aux cours de théâtre auxquels elle assistait quelquefois, par curiosité. Le professeur de l'époque l'y autorisait exceptionnellement, car elle était l'une de ses amies d'enfance. La mère d'Amandine pouvait donc poser à Mathieu les questions auxquelles seuls les membres du groupe de théâtre étaient capables de répondre, des personnes dignes de confiance selon elle, puisqu'ils avaient été amis avec sa fille avant qu'elle ne soit célèbre. Et puis dernièrement, elle avait surpris une conversation entre Amandine et Sophie et avait finalement compris que sa fille était toujours amoureuse de Mathieu, comme à l'époque.

Ce dernier comprenait la situation. Amandine était désormais mondialement connue. Elle n'avait aucune envie d'être importunée. Il remercia donc chaleureusement sa mère en lui promettant d'avoir une attitude convenable... ce dont finalement, elle ne doutait pas puisqu'elle avait un bon souvenir de lui. La mère d'Amandine se rappelait qu'à l'époque, il était poli et savait bien se tenir en présence des adultes. Dix ans auparavant, c'était ce qu'elle estimait « avoir une attitude convenable ».

De son côté, Mathieu voulait tout de même vérifier quelque chose...

Arwen lui avait donné son numéro de téléphone portable, une semaine auparavant, pour qu'ils puissent se retrouver plus facilement au Salon du livre. Il ouvrit son répertoire et commença à faire la comparaison.

De surprise, les bras ballants, son téléphone lui échappa. En ramassant ce dernier, Mathieu ne put s'empêcher de s'asseoir.

— C'est le même numéro de téléphone... murmura-t-il. Mince, alors...

Arwen et Amandine sont en réalité la seule et même personne...

Il ne réussit toutefois pas à refaire la comparaison, car après la chute de son portable sur le sol en marbre du café dans lequel il s'était isolé pour téléphoner aux parents d'Amandine, celui-ci refusait de s'allumer.

J'aurai dû acheter une coque de protection, fut son premier regret. Puis, il se demanda si ce qu'il avait vu était bien réel, s'il n'avait rien imaginé. Après tout, c'était le rêve de tout homme de vouloir être séduit par une actrice célèbre, d'autant plus lorsque celle-ci était sexy et ravissante.

Mathieu réfléchit encore un instant :

Les deux numéros étaient-ils bien identiques ? Et mince ! Je ne peux même pas revérifier.

Puis, après avoir retrouvé ses esprits, il s'écria, sans se préoccuper du regard des passants :

— Il faut que j'en aie le cœur net ! La seule chose qui compte à présent, c'est que je la voie !

Il quitta le Salon du livre après avoir embrassé ses amis et leur promit de les revoir l'année suivante à la même occasion.

Quant à Amandine, une fois qu'elle fut habillée, la faim commença à la tenailler puisque son petit déjeuner avait été beaucoup trop léger. Elle regarda dans son réfrigérateur et dans ses placards et décida de se préparer une salade composée. Mais l'envie lui prit également de s'offrir une petite douceur sucrée pour le dessert.

Elle regarda l'horloge et vit qu'elle avait encore un peu de temps avant la fermeture des commerces.

Amandine prit alors subitement la direction de la porte d'entrée, comme sur un coup de tête, et sortit dans le but de s'acheter un peu de réconfort à la boulangerie du quartier.

Après avoir pris le métro Porte de Versailles, puis emprunté différentes lignes, non sans difficultés, car il n'y était pas habitué, Mathieu arriva aux abords du quartier dans lequel vivait son ancienne amie. Il passa devant une boulangerie au nom évocateur « Les Amandines ».

Tiens ! Sûrement un signe ! pensa-t-il.

Il poursuivit sa route. Sa conscience lui disait pourtant de revenir sur ses pas. Il hésita.

Mathieu ne savait pas pourquoi, mais il avait la profonde intuition qu'il devait y retourner.

Puis, il revint finalement vers la boulangerie pour regarder la vitrine. En observant ainsi les différentes gourmandises, personne parmi les passants ne trouverait son attitude étrange.

Il se souvint qu'Amandine adorait le chocolat… tout comme Arwen d'ailleurs, car elle le disait assez souvent sur les réseaux sociaux.

Sûrement une preuve que c'était bien la seule et même personne… même s'il savait pertinemment que beaucoup de femmes aimaient le chocolat.

Comme je n'ai rien prévu, je pourrais lui apporter des pâtisseries en guise de cadeau ? pensa-t-il en examinant l'étalage de gourmandises. Il fixa alors son choix sur deux magnifiques « Dômes des elfes », une spécialité de la maison, qui représentait une petite coque en chocolat noir, remplie d'une mousse également au chocolat et sur laquelle avait été posée une elfe en pâte d'amande ou en pâte à sucre ; il n'arrivait pas à définir la texture d'où il se trouvait. Le gâteau lui semblait tellement original qu'il ne pouvait en choisir un autre.

J'espère que cela lui plaira… se dit-il.

De son côté, Amandine se trouvait dans la file d'attente d'une boulangerie… la même boulangerie devant laquelle se trouvait Mathieu. Elle porta son choix sur un « Dôme des elfes ».

Il leva la tête et vit qu'elle se trouvait là… de l'autre côté de la vitrine.

Elle était la dernière dans la file d'attente. Il s'avança doucement et se posta derrière elle. Amandine ne bougea pas, signe qu'elle ne s'apercevait pas de sa présence. Mathieu lui dit alors doucement à l'oreille :

— Bonjour jolie Elfine.

— Bonjour, lui répondit-elle timidement, en se retournant.

Amandine avait tout de suite reconnu sa voix.

— J'ai souvent pensé que cela pouvait être toi, poursuivit-il. Arwen… Amandine…

L'émotion était tellement intense que les yeux de la jeune femme commencèrent à s'embuer. Les larmes coulèrent calmement sur ses joues à la peau parfaite. À l'aide de son pouce, Mathieu lui essuya la dernière larme en lui disant :

— Pourquoi m'as-tu menti ?

— J'avais peur…

— De quoi ?

— Que tu veuilles me revoir uniquement à cause de ma célébrité…

Amandine avait connu tellement de désillusions. Elle avait connu tellement d'échecs ces dix dernières années qu'il lui était difficile, à présent, de faire confiance à ses nouveaux prétendants.

— Mais qu'est-ce que tu dis ? lui répondit-il calmement pour la rassurer. Tu sais bien que je t'ai aimée bien avant ça ! Quand on s'est connus au théâtre, tu n'étais pas célèbre !

Les deux anciens amis parlaient ainsi comme s'ils étaient seuls au monde… comme s'ils s'étaient trouvés dans une bulle, qui ne laissait entendre aucune de leurs paroles.

Finalement, ce fut presque le cas. Personne ne prêta réellement attention à leur conversation. Les personnes présentes dans la file d'attente n'étaient pas cinéphiles…

C'était au tour d'Amandine de commander. Elle s'excusa et fit demi-tour, honteuse de se montrer en pleurs. Mathieu lui prit délicatement la main avant qu'elle ne s'échappe. Ne sachant de toute façon où aller, Amandine resta à ses côtés pendant qu'il commandait les deux « Dômes des elfes », comme ils l'avaient prévu l'un et l'autre.

Puis, il emporta les délicates pâtisseries dans un petit sac autour de son poignet, tout en tenant Amandine de l'autre main. Celle-ci se sentait un peu perdue… éprise par un mélange de sentiments, incluant d'un côté, la honte d'avoir été démasquée et de l'autre, le bonheur de revoir Mathieu, de savoir que ce dernier s'était déplacé jusqu'à chez elle pour la retrouver.

— Tu habites par là, je crois ? lui demanda-t-il, souriant, tout en prenant à droite lorsqu'ils sortirent de la boulangerie

— Oui. Suis-moi, lui répondit-elle, timidement.

Ce n'était pas dans les habitudes d'Amandine d'être aussi discrète, mais son trouble était tellement grand que son attitude ne pouvait qu'être des plus humbles.

Ils marchèrent sans parler. Amandine pensa que le trajet était heureusement très court, puisque la boulangerie ne se trouvait qu'à deux minutes à pied de chez elle.

C'est seulement lorsqu'ils furent entrés dans son appartement que Mathieu lui lâcha la main. Il était à présent certain qu'elle ne s'échapperait pas. Il n'avait pas parcouru tous ces kilomètres pour la perdre encore une fois. Combien de fois, il avait regretté de l'avoir quittée lorsqu'ils avaient dix-huit ans ? À l'époque, il avait préféré privilégier son travail, un premier emploi très intéressant financièrement. Combien de fois, il avait rêvé d'elle ? Combien de fois il avait regardé les films dont elle était l'actrice principale ?

— Tu veux boire quelque chose ? lui proposa-t-elle.

Amandine semblait retrouver enfin confiance en elle, dans l'univers qu'elle affectionnait tant, son « home, sweet home » comme l'on dit en anglais.

— Oui, je veux bien, répondit-il.

— Du champagne ?… pour fêter nos retrouvailles ? suggéra-t-elle.

— Bonne idée ! lui répondit-il enthousiaste. Fêtons nos retrouvailles !

Mais tu bois de l'alcool maintenant ?

— Très peu. Juste la moitié d'un verre, histoire de trinquer.

Mathieu, lui aussi, avait été anxieux quant à l'attitude d'Amandine. Il avait failli maintes et maintes fois faire demi-tour lorsqu'il s'était perdu dans le métro, se demandant si cela ferait vraiment plaisir à son ancienne amie de le revoir.

Pendant qu'Amandine cherchait une bouteille, Mathieu regardait autour de lui. L'appartement était luxueux, avec son originale moquette violette et son immense canapé en velours d'un beau coloris aigue-marine.

Qui a sûrement était fait sur mesure, pensa-t-il. Je n'ai jamais rien vu de pareil !

La cheminée en marbre avait son manteau peint en une agréable couleur vert d'eau, tout comme les murs d'ailleurs. Et enfin, ses moulures au plafond arboraient une blancheur qui donnait une petite touche d'apaisement à cette décoration très colorée.

Un style haussmannien résolument moderne, se dit-il, admiratif.

Ce mélange de teintes aurait pu sembler de mauvais goût, mais l'harmonie des couleurs était au contraire des plus joyeuses.

Amandine avait remarqué qu'il contemplait son appartement et qu'il l'admirait elle-aussi discrètement, du coin de l'œil.

Elle se sentit flattée par ses regards, mais préféra lui parler de son habitat.

— Tu te rappelles ? Quand on avait dix-huit ans, on en rêvait ! lui fit-elle se remémorer.

— Oui, c'est vrai ! Un appartement haussmannien, en plein cœur de Paris ! Tu as réussi à l'avoir ! Tu as réussi à accomplir un de nos rêves !

— J'en suis contente… mais tu sais, un appartement vide, même s'il est très beau, c'est triste…

Après avoir déposé la bouteille, deux coupes à champagne et quelques amuses bouches sur le plateau, Amandine posa calmement ce dernier sur la petite table basse. Puis, prise d'un élan d'émotion, elle se jeta dans les bras de Mathieu en lui disant :

— Pardon… pardon de t'avoir menti !

Il lui caressa les cheveux pour la calmer et comme il le désirait depuis si longtemps, Mathieu pencha la tête et l'embrassa.

Gourmandise

— Allez ! Encore un dernier carré ! se dit Dorianne, en avançant la main vers la tablette de chocolat.

Hum ! C'est tellement bon ! ne put-elle s'empêcher d'ajouter. Ce chocolat noir qui entoure une mousse au praliné : un véritable délice !

Cela faisait déjà la trentième fois qu'elle se disait cela depuis le début de la soirée. Mais c'est seulement en partant se coucher ce soir-là, que Dorianne se lamenta, en disant :

— Si j'avais su… Je n'aurais pas mangé toute la tablette. Oh la la ! J'ai vraiment mal au cœur…

Elle réussit quand même à s'endormir et c'est le lendemain, remplie de bonnes résolutions qu'elle décida de faire du vélo d'appartement, avant de partir travailler.

Au bout d'une demi-heure, fière d'elle, elle descendit du vélo et nota le nombre de calories perdues, celles qui avaient été affichées sur le cadran et qui lui donnaient de la motivation à chaque kilomètre parcouru.

— Alors… 317 calories ! Bon, ça m'a l'air pas mal !

Dorianne avait été bien optimiste…

Lorsqu'elle vérifia sur internet, elle se rendit compte qu'elle avait seulement éliminé une quinzaine de carrés de chocolat alors qu'elle en avait mangé au moins trente ! Et bien sûr, ceux-ci avaient été engloutis machinalement, en toute gourmandise, tandis qu'elle était subjuguée par un épisode de *Ghost Whisperer*.

Elle se dit alors qu'elle devrait aussi faire un jogging.

C'est ainsi que son imagination l'envoya vers un tableau humoristique dans lequel elle se voyait courir avec énergie sur un chemin, poursuivie par une tablette de chocolat avec des bras et des jambes.

Ce jour-là, Dorianne décida de ne plus acheter de gourmandises cacaotées durant un petit moment, car elle voyait bien qu'elle n'arrivait pas à résister.

— Le mieux, c'est de ne pas en avoir à la maison ! se dit-elle, pas vraiment enchantée, mais bien obligée de se rendre à l'évidence : la lutte entre le chocolat et elle était perpétuelle…

Le seul moyen de gagner le combat était de ne pas en acheter !

Pourtant, le soir même, en s'asseyant devant la télévision, elle se demanda :

— Comment je vais faire ? Je n'ai plus de chocolat…

Les personnes raisonnables lui auraient répondu :

— Tu n'as qu'à prendre une tisane !

— Bof ! aurait-elle répondu.

— Une pomme ? Une clémentine ?

— Bof ! Bof ! Re-bof !

Pourtant, Dorianne dut se résoudre à prendre ce second choix.

Elle arriva à tenir ainsi durant deux semaines.

Puis, lors d'un après-midi froid et pluvieux, dans une allée de supermarché, elle se laissa tenter par une tablette de chocolat noir aux amandes.

Le chocolat noir écœure plus vite. Il est plus fort en goût, plus amer. Comme ça, j'en mangerai moins… pensa-t-elle, convaincue de faire de gros efforts.

Le soir même, Dorianne s'installa confortablement sur son canapé, prête à savourer son feuilleton préféré et… sa tablette de chocolat.

— Allez ! Encore un dernier carré ! se dit-elle à voix haute pour la vingtième fois, tout en allongeant sa main vers la table basse.

Le goût était intense, l'arôme voluptueux.

C'est finalement en se levant du canapé, deux heures plus tard, qu'elle sentit son estomac chavirer.

Elle éteignit son i-phone dont l'étui de protection était en forme de tablette de chocolat, gadget tout à fait dans la logique des choses pour une gourmande. Mais se dit malgré tout :

— Ouh la la ! Je n'aurais jamais dû en manger autant… Qu'est-ce que j'ai mal au cœur…

Ce soir-là, la lutte avait été inégale, l'instant gourmand tellement délicieux, que Dorianne n'avait même pas cherché à lui résister.

Elle réussit tout de même à s'endormir.

Mais le lendemain matin, à cause de son manque d'appétit dû à l'excès de chocolat de la veille, elle dut se résoudre à prendre un petit déjeuner léger. Puis, Dorianne sortit de chez elle et attrapa au vol sa clef

USB (en forme elle aussi de tablette de chocolat) qu'elle mit d'un geste rapide et précis dans son sac à main.

Lorsque sa collègue allemande Gertrude la vit arriver au bureau, elle lui demanda étonnée :

— Qu'est-ce que tu as ? Tu es toute verte ? Tu n'es pas malade, au moins ?

— Non, non, ne t'inquiète pas. Je suis un peu barbouillée ce matin. C'est tout.

— Oh toi ! Tu as fait des excès de chocolats, hier soir...

— Juste un petit peu.

— Je vois... Un petit peu beaucoup, oui !

La journée passa et Dorianne ne fut pas tellement en forme. Elle décida tout de même d'aller faire quelques courses après son travail, son réfrigérateur étant presque vide.

Elle remplit le caddie idéal pour garder la ligne et ne plus avoir mal au cœur...

Lorsque Dorianne rentra chez elle ce soir-là, une mauvaise surprise l'attendait. L'ascenseur était tombé en panne durant la journée et les réparateurs ne passeraient que le lendemain.

— Comme par hasard, ça tombe le jour où je fais les courses... se dit-elle, en ronchonnant.

Il lui fallait escalader les six étages avec tous ses sacs.

Elle les posa à terre, le temps de lire la pancarte, puis prit une grande respiration et commença son ascension.

— Oh la la ! Ça se voit que je n'ai pas l'habitude de monter les escaliers… se dit-elle au bord de l'asphyxie.

Dorianne avait l'impression de souffler comme un bœuf, d'être rouge comme un coquelicot et de transpirer toutes les gouttes de son corps.

— En résumé, pensa-t-elle, le tableau pas vraiment idéal pour faire une rencontre !

Et pourtant…

Son nouveau voisin de palier, le beau Robin, vêtu d'une tenue de sport : short et T-shirt (« Super sexy ! » pensa Dorianne), passa à côté d'elle, montant les marches en courant, pas le moins du monde essoufflé.

Comment fait-il ? se demanda-t-elle. Ce n'est pas possible ! Il doit être sacrément sportif.

Robin venait en effet de faire un footing de 10 kilomètres. Échauffé, il pensait que grimper six étages de plus, pouvait après tout conclure son entrainement.

Il passa à côté de Dorianne et voyant qu'elle peinait à porter ses courses, il prit un de ses sacs et lui dit gentiment :

— Je vais vous aider.

La jeune femme croyait qu'elle allait lui sauter au cou pour l'embrasser tant elle était contente.

Et il a pris le plus lourd en plus. Il est adorable ! pensa-t-elle.

Robin continua de gravir les marches en courant, tandis que Dorianne le suivait péniblement, puis il revint vers elle pour lui prendre son autre sac :

— Je peux ? lui demanda-t-il, de façon toute aussi galante que charmante.

Et il escalada à nouveau les marches en courant, avec le reste des courses tenues de la main droite.

— Et il court en plus… pensa Dorianne admirative. Il faut vraiment que je fasse plus de sport. La honte…

Lorsqu'elle fut sur le point de rejoindre Robin devant sa porte et qu'elle le vit, beau comme un Dieu, dégoulinant de sueur certes, mais tellement athlétique, Dorianne n'en crut pas ses yeux. Il n'était même pas essoufflé, on aurait dit un acteur.

— Comme dans les films… pensa-t-elle. Il vient de faire un exploit athlétique et ne souffle même pas !

Elle crut même l'espace d'un instant le voir vainqueur, sautillant sur la musique triomphante de Rocky, mais là, c'était son imagination qui lui jouait des tours.

En effet, Robin était beau comme un Dieu.

La première fois qu'elle l'avait croisé, alors qu'elle rentrait de son travail et se trouvait sur le pas de sa porte, Dorianne avait même cligné des yeux, croyant à un mirage. Elle avait tellement l'habitude de voir au même endroit Monsieur Martin, petit homme grassouillet, aux minuscules lunettes rondes et au crâne dégarni, qu'elle avait eu l'impression de rêver.

Le clignement des yeux. Hum ! L'attitude pas vraiment idéale pour une rencontre… avait-elle pensé.

Et pourtant…

Il s'était dirigé vers elle, en lui tendant la main et en

disant tout simplement :

— Bonjour je suis votre nouveau voisin Robin !

Ah ! Vous avez vu ? Ça rime ! VoiSIN !… RoBIN ! ajouta-t-il avec un large sourire.

— C'est merveilleux… furent les paroles qui échappèrent à Dorianne, totalement sous le charme de ce bel inconnu.

Pour elle, c'était un incontestable signe du destin, un heureux hasard qui avait décidé de les réunir, en les faisant habiter l'un à côté de l'autre.

— Pardon ? lui demanda Robin, n'ayant pas entendu ce qu'elle venait de dire.

— Euh… Non, non… rien, répondit Dorianne, espérant qu'il n'avait vraiment rien entendu.

Elle ne put s'empêcher de penser :

« Robin » !... C'est le nom d'un héros : Robin des bois… d'un sauveur même !

Ce nouveau voisin viendrait-il la sauver de sa vie de célibataire, banal canevas d'un emploi inintéressant, de collègues sympas, de gloutonneries de chocolats et de danses sur la musique d'ABBA ?

Elle entendit un crissement de disque et revint vite sur Terre, car une voix masculine et charmante lui demandait :

— Et vous, c'est comment ?

— Dorianne.

— Oh, c'est très joli ! Un prénom très original !

Elle se mit à rougir sans pouvoir le contrôler et se dit que cela commençait mal.

Pour éviter qu'il ne vit son rougissement inopiné, elle trouva une excuse inaudible, puis rentra rapidement dans son appartement.

Elle s'affaira alors à mettre de l'ordre dans les choses qu'elle n'avait pas eu le temps de ranger le matin même, et retrouva dans le désordre son agenda, encore une fois un gadget en forme de tablette de chocolat qu'elle avait égaré depuis quelques jours et qui lui avait été offert par ses amies, pour son dernier anniversaire. Puis, Dorianne se prépara un plateau repas qu'elle mangea devant la télévision. La soirée passa entre sa série télévisée habituelle du jeudi soir et le roman qu'elle avait commencé la veille.

De l'autre côté du mur du salon, Robin regardait *Star Wars I - La Menace fantôme*, la main pendue au-dessus d'un paquet de M&M's. Les joyeux coloris de toutes ces gourmandises donnaient à ses soirées de célibataire le petit coup de peps manquant.

Lorsque Dorianne mettait en mode « Arrêt » le son de sa propre télévision, elle entendait, comme un bruit lointain, le son caractéristique que font les épées de « Star Wars ». Elle avait comme cela un peu l'impression de se trouver avec Robin.

Si un jour, on est ensemble, on cassera le mur du salon et on aura un appartement immense ! imaginait-elle déjà.

Le lendemain matin, Dorianne se dit qu'elle avait sûrement rêvé… Dans la vraie vie, les voisins n'étaient jamais aussi beaux. La plupart des hommes qui avaient vécu sur le même palier qu'elle, étaient généralement chauves, moches et sentaient mauvais.

Il n'y a que dans les séries comme *Friends* ou *Desperate Housewives* que les voisins sont charmants et craquants… pensait-elle alors.

***

Seulement quelques semaines plus tard, à force de se croiser et de recroiser dans les escaliers ainsi que dans les couloirs de leur immeuble, de finalement se tutoyer, de discuter de tout et de rien, puis de rire aux éclats, Robin se décida, un jour, à sonner à la porte de sa voisine préférée. Il lui offrit « en gage de bonne entente entre voisins », un petit présent, geste que Dorianne trouva extrêmement délicat.

Elle ouvrit le paquet et découvrit une boite de chocolats en forme de cœur…

— Oh ! Des palets or : mes préférés ! s'exclama-t-elle, sans faire aucun allusion, bien entendu, à la forme de la boite, qui l'avait interpellée lorsqu'elle s'en était aperçue.

— Je me doutais que ça allait te plaire, lui répondit-il.

Certains penseront que c'est « cucu la praline », mais Dorianne, quant à elle, trouva cela extrêmement romantique.

Dix ans ont passé…

Ce samedi-là, Tara devait rejoindre Ombeline, une ancienne amie d'enfance, retrouvée sur Facebook. Elle était heureuse de la revoir car Tara gardait d'elle un souvenir empli d'affection. Elles s'étaient perdues de vue à la fin de leurs études, à cause d'une fâcherie, à cause d'un garçon. La haine avait disparu, il fallait juste reparler de la peine causée et s'excuser ; les bons souvenirs étaient restés. Dix ans étaient passés et les deux amies se sentaient enfin prêtes à se revoir.

Ombeline était partie vivre à cinq cent kilomètres de là, ayant trouvé un travail intéressant. À l'époque, elle était jeune et pleine de fougue ; éprise de liberté, elle serait partie n'importe où. Et cela ne la dérangeait pas d'aller travailler à l'autre bout du pays, bien au contraire.

La jeune femme avait connu un mari à la hauteur de ses espérances et avait eu deux enfants. Mais l'enthousiasme du départ concernant l'éloignement s'était estompé au fil des années. Sa famille lui manquait et elle avait perdu de vue ses anciens amis. Ombeline avait à présent besoin d'un retour aux sources.

Elle avait cherché du travail dans sa ville natale et comme elle avait désormais un diplôme et plus d'expérience, Ombeline avait finalement réussi à trouver un poste de directrice des ressources humaines assez rapidement. Son mari l'avait suivi, il avait envie de changements lui aussi. Quant aux enfants, ils débuteraient une nouvelle année scolaire près de leurs grands-parents.

C'est ainsi qu'en ayant tout d'abord renoué contact par internet, les deux amies avaient ensuite décidé de se revoir. Leurs vies étaient différentes, Ombeline était mariée avec deux enfants, tandis que Tara était restée célibataire durant toutes ces années.

Elles devaient se retrouver ce samedi après-midi de décembre, autour d'un chocolat chaud. Le frère d'Ombeline lui avait recommandé un nouvel endroit, apparemment au top de la modernité et à la décoration très originale.

Lorsqu'elle arriva devant la *Chocolaterie Godiva*[2], Tara était toute excitée, tellement heureuse de retrouver son ancienne amie. Elle savait que cela allait bien se passer et que les anciennes rancœurs n'étaient que de vieux souvenirs. Comme à chaque fois que le moment était important, Tara pensa à ses parents l'espace d'un instant et crut même les apercevoir.

Elle entra.

L'univers était étrange, beau et fantasque à la fois. La jeune femme passa devant la vitrine de chocolats qu'elle dévora du regard puis, s'apprêta à gravir un

---

[2] La Chocolaterie Godiva existe réellement au Japon, mais comme l'histoire est une fiction, nous avons préféré transposer l'endroit à Paris.

escalier digne des plus grands décors de cinéma hollywoodien. Les marches étaient de couleur crème, tandis que les murs marron rappelaient qu'ici, le chocolat était roi. Mais le plus incroyable était sans aucun doute le plafond qui ressemblait à des gouttes de chocolat prêtes à tomber sur les gourmands chanceux.

Tara monta l'escalier. Elle était sous le charme de l'endroit qu'elle trouvait d'une incroyable modernité gourmande.

Ombeline l'attendait déjà, assise à une table. Les vieux souvenirs revinrent, l'ancienne complicité aussi. Elles parlèrent des dix dernières années écoulées et apprirent qu'elles avaient tout de même un peu changé. Pourtant, l'une et l'autre avaient l'impression de ne pas s'être quittées, l'affection qui les avait tant liées quelques années auparavant, renaissait au fur et à mesure de leur conversation.

Tara regrettait de ne pas avoir été au mariage de son amie, de n'avoir pas connu ses enfants lorsqu'ils étaient bébés.

J'aurais même pu être la marraine de l'un d'eux… pensait-elle avec regret.

— Au fait, comment va ton père ? lui demanda négligemment Ombeline, qui voulait tout savoir de la vie actuelle de Tara.

Étrangement, elles n'avaient pas abordé le sujet depuis leurs retrouvailles.

— Il est mort.

— Oh… je suis désolée Tara, répondit son amie,

honteuse d'avoir fait une gaffe et regrettant d'avoir manqué un moment crucial et douloureux de la vie de son ancienne complice.

— Il est mort quand je travaillais à New York.

— Ma pauvre chérie.

— Il avait un cancer lui aussi…

— Décidément… murmura Ombeline, tristement.

— Il ne m'a rien dit et la maladie l'a emporté en à peine trois mois. Je n'ai même pas eu le temps de rentrer en France pour l'accompagner… le soutenir. Et je suis restée avec lui seulement les derniers jours de sa vie.

En effet, Tara avait d'abord perdu sa mère d'un cancer alors qu'elle n'avait que treize ans, puis son père. Elle détestait cette maladie qui lui avait enlevé les personnes qu'elle aimait le plus au monde.

À trente ans, elle était déjà orpheline de père et de mère.

Elle avait tout d'abord éprouvé une haine féroce contre ce crabe propagateur de malheurs. Ce sentiment de colère l'avait tout d'abord épuisée, la dépression n'avait pas été loin, puis Tara l'avait apprivoisé, transcendé et détruit.

Elle avait ensuite transformé sa haine en porteuse d'espoir. Ce cancer qu'elle détestait, elle l'éradiquerait de la planète, elle mettrait toutes ses forces, toute sa rage dans un projet porteur. Tara avait donc continué avec acharnement ses études scientifiques jusqu'à devenir chercheuse.

La recherche était devenue une passion, elle aimait son métier et l'effectuait dorénavant de façon posée, comme si la colère avait été enfouie au plus profond de son être et rejaillissait seulement par un comportement positif, celui qui aiderait les autres à s'en sortir…

Et puis, lorsque Tara travaillait, elle avait l'intime conviction d'être aidée par une intelligence bienveillante.

Peut-être Maman ? Ou Papa ? Ou mon ange gardien ? pensait-elle alors. Tara était persuadée que lorsque la cause était juste, une aide divine et invisible était toujours octroyée.

Elle était convaincue aussi que ses parents gardaient un œil attentif et bienveillant sur elle. Ils s'étaient tellement aimés lorsqu'ils étaient tous ensemble sur Terre…

Tout ne peut pas s'arrêter là, pensait-elle alors en y croyant très fort.

Tara était allée voir une voyante une fois. Celle-ci lui avait dit que c'était son ange gardien qui l'aidait à faire ses recherches, que c'était son rôle de se tenir aux côtés de sa protégée dans les moments importants de sa vie, que ses parents avaient leurs propres vies dans l'au-delà et que même s'ils pouvaient l'aider de temps en temps, ce n'était pas leur tâche principale. Elle avait un ange gardien pour cela.

Tara avait écouté attentivement, s'était renseignée sur le sujet et s'était dit que la voyante devait sûrement avoir raison. Elle ressentait tous les jours une présence bienveillante lorsqu'elle travaillait, mais ce n'était que très rarement qu'elle voyait passer devant ses yeux l'image de ses parents.

Elle ne parlait jamais de cela, persuadée que personne ne la comprendrait.

C'est pourquoi, après avoir annoncé à Ombeline la mort de son père, Tara changea de conversation. Elle préféra discuter de choses plus légères et de souvenirs plus joyeux.

Alors qu'elles étaient en pleine discussion, le frère d'Ombeline arriva.

Il était prévu qu'il vienne la chercher en fin d'après-midi pour qu'ils achètent ensemble les cadeaux de Noël de leurs parents.

Le hasard fit que Tara se retourna au moment où Christophe arrivait en haut des escaliers-chocolat.

Son cœur se serra et paniquée, ne sachant quelle réaction avoir après tant d'années, elle se retourna immédiatement vers son amie Ombeline, comme si elle n'avait pas vu Christophe.

Elle l'avait aimé il y a bien longtemps déjà. Cela lui paraissait une éternité. Il ne l'avait jamais su. S'en était-il même douté ?

Ombeline, n'avait pas vu son frère arriver ni Tara se retourner, car elle cherchait un mouchoir dans son sac à ce moment-là. S'apercevant ensuite du changement de comportement de son amie, elle lui demanda :

— Qu'est-ce qu'il y a ? Tu es toute blanche. On dirait que tu as vu un fantôme ?

Non ! C'est quelqu'un de bien vivant qui vient de ressurgir de mon passé !… pensa alors Tara, mais elle répondit d'un air innocent :

— Non, non ! Ce n'est rien ! Je suis seulement gelée avec le froid qu'il fait dehors. Tu sais l'hiver, on a moins de couleurs de toute façon…

— Tiens ! Voilà Christophe ! s'exclama alors Ombeline en souriant. Puis, elle se mit à rire en ajoutant : qu'est-ce qu'il a encore inventé ? !

En effet, ce dernier avait décidé de revêtir un bonnet de lutin et de prendre une toute petite voix pour faire rire sa sœur. *Qu'importe qui pouvait se trouver avec elle !* avait-il pensé. *Après tout, la magie de Noël, c'était rire aussi !... même si le lutin était un personnage complètement stéréotypé !*

Christophe ne s'aperçut pas tout de suite que la personne qui se trouvait face à sa sœur, mais qui lui tournait le dos, était Tara.

Elle lui sourit aussitôt en voyant son déguisement.

Il la regarda étonné.

Comme d'habitude, très énigmatique, sa sœur ne lui avait rien dit.

Puis, il enleva maladroitement son bonnet.

Même si le ridicule ne tue pas, là, j'avoue que je me sens bête, pensa-t-il alors.

— Non, non ! Garde-le ! C'est trop drôle ! affirma Tara en riant.

— Oh oui ! Tu es vraiment très beau comme ça ! renchérit Ombeline. Garde-le ! S'il-te-plaît, garde-le !

— Bon allez d'accord ! Je garde mon bonnet de lutin ! répondit-il, en soupirant, faisant mine d'écouter les caprices de deux enfants.

Puis, Christophe regarda Tara.

Ils entendirent tout à coup un duo puissant sortir du haut-parleur, manœuvre malencontreuse d'une employée qui avait oublié de baisser le son avant de changer le disque de musique classique habituel. Johnny Hallyday et Carmel chantaient : *J'oublierai ton nom… d'aucune façon.*

C'est ce que Tara et Christophe, qui ne s'étaient pas vu depuis si longtemps, pensaient à ce moment-là.

— Bonjour Tara, dit-il alors d'une voix calme et posée.

— Bonjour Christophe.

Ils ne s'étaient jamais oubliés.

Christophe se rappelait encore entendre sa sœur et Tara chanter à tue-tête de l'autre côté du mur de sa chambre. C'était une de leurs chansons préférées lorsqu'ils étaient tous « ados ». Il les rejoignait alors et sautait avec elles sur le lit d'Ombeline, vite chassé de la chambre par sa sœur, qui voulait garder sa meilleure copine pour elle toute seule.

Et pourtant, à l'époque, Tara aurait bien aimé qu'il reste.

Christophe et Tara se regardèrent longtemps, comme hypnotisés.

— Bah ! Faites-vous la bise quand même ! intervint Ombeline qui, sans le savoir, venait d'interrompre le charme du moment.

Ils sourirent ensemble, attendris par l'attitude de cette « sœur » qu'ils aimaient tous les deux et s'embrassèrent sur les deux joues.

— Tu t'assois avec nous Cricri ? Tu prends quelque chose ? continua celle-ci.

— Oui, je vais prendre un chocolat chaud, répondit-il à Ombeline en s'asseyant à côté d'elle, tout en regardant Tara. Puis, il ajouta en chuchotant à sa cadette du coin de la bouche :

— Euh… dis ! Tu peux éviter de m'appeler Cri-Cri en public ?

— Ok Cri-Cri ! lui répondit Ombeline, malicieuse et têtue.

Puis, tout en continuant d'observer Tara, il dit d'un ton qui n'avait rien de vif, plutôt intrigué, un peu ébahi, encore sous le coup de la surprise :

— Tara…

Il répéta :

— Tara…

Puis il continua :

— Ça alors… Quelle surprise de te revoir !

Il la regardait avec insistance, surpris de se retrouver face à elle après tant d'années.

— J'ai souvent pensé à toi, tu sais… dit-il, en oubliant qu'ils n'étaient pas que tous les deux.

— Oh la la ! La déclaration d'amour ! se mit à crier sa sœur, en le taquinant.

Le fait de se retrouver en compagnie de la complice

de ses jeunes années, donnait soudain à Ombeline l'envie de se comporter comme une gamine.

— Arrête ! lui répondit son frère qui commençait à être gêné.

En les voyant ainsi, Tara était heureuse. Cela lui rappelait tant de souvenirs : les chamailleries du frère et de la sœur, les dîners chez eux, les petits déjeuners lorsqu'elle avait eu le droit de dormir là-bas.

Tara avait perdu sa mère lorsqu'elle était adolescente. C'était le drame de sa vie.

Ombeline l'invitait alors régulièrement à passer les week-ends chez elle, car Tara se retrouvait souvent seule. Son père travaillait beaucoup et n'était pas souvent là. Chauffeur de taxi, il pouvait être absent à n'importe quelle heure, le week-end comme la semaine. En réalité, il s'était fait un devoir de subvenir aux besoins de sa fille, le travail étant aussi devenu une échappatoire pour ne pas éprouver la trop grande solitude d'un homme veuf.

Tara appréciait alors la chaleur affective des proches d'Ombeline. La mère de cette dernière, Annick, était adorable et essayait de l'inclure comme un véritable membre de la famille. Elle disait toujours :

— La famille du cœur : il n'y a que ça de vrai !

Et Ombeline serrait tendrement Tara dans ses bras, joue contre joue en lui disant :

— Ma sœur.

À l'époque, Tara avait un grand besoin d'affection et ces démonstrations de sentiments lui faisaient du bien. Son cœur avait été douloureusement meurtri depuis l'annonce glaciale du décès maternel, comme si un froid dévastateur l'avait entouré, puis gelé et l'avait ensuite fendu telle une crevasse dans un glacier. Heureusement, passer les week-ends en compagnie d'Ombeline et de ses proches signifiait à nouveau le bonheur en famille… celui qu'elle ne connaissait plus. Et son cœur s'était réchauffé peu à peu.

Comment Tara avait-elle pu perdre de vue ces gens qu'elle chérissait tant ? Elle ne le savait plus trop elle-même. Il y avait bien eu la dispute entre elle et Ombeline, qui lui avait fait tant de mal… Cette dispute à cause d'un garçon dont elle ne se rappelait même plus le prénom. Puis, l'éloignement géographique avait continué son travail destructeur de séparation…

Tara n'avait alors plus osé retourner dans cette maison du bonheur, persuadée que la famille d'Ombeline se rangerait derrière cette dernière.

Annick pourtant, avait bien essayé de rappeler plusieurs fois Tara, mais par un malheureux concours de circonstances, elle avait laissé des messages à un mauvais numéro. La jeune femme ne les avait jamais reçus. Puis, lorsque la mère d'Ombeline avait enfin réussi à avoir le bon numéro de téléphone, Tara était déjà partie et la ligne coupée. Croyant alors que cette dernière rejetait toute la famille, Annick avait bien été obligée de laisser tomber, malgré elle, et s'était dit qu'avec le temps, Tara reviendrait.

Celle-ci était en effet partie vivre aux États-Unis où

elle avait pu avoir une place dans un laboratoire de recherches important. C'est pour cette raison que plus personne n'avait entendu parler d'elle…

Jusqu'au jour où des retrouvailles s'étaient effectuées par voie électronique.

Dix années avaient passé et Tara revenait enfin.

Dix années d'expérience durant lesquelles elle s'était épanouie professionnellement et au bout desquelles, Tara avait décidé de revenir en France. Elle ne sait pour quelles raisons exactement, car plus personne ne l'y attendait, mais elle s'était sentie poussée pour retourner vers son pays d'origine.

— C'était plus fort que moi ! Il fallait que je le fasse ! se disait-elle encore en y repensant. Maintenant, bien sûr, je sais pourquoi…

Et puis, aux États-Unis, il lui avait été difficile de créer de véritables liens, Tara s'était fait quelques amis, mais pas aussi proches que ceux qu'elle avait pu avoir en France.

C'est à la même époque qu'Ombeline avait décidé elle-aussi de revenir vers sa ville natale et de vivre au plus près de sa famille.

Sans le savoir, elles avaient décidé toutes les deux, au même moment, un retour aux sources… comme si une connexion était restée entre elles malgré la distance kilométrique et temporelle.

Il est vrai que durant tout ce temps, Tara avait toujours gardé un souvenir attendri de cette famille, d'Ombeline qu'elle avait considérée comme une sœur, de sa mère qui avait été durant un temps une seconde maman, de son père, toujours très drôle et de Christophe qu'elle avait aimé en secret durant ses périodes de célibat.

Combien de fois, elle avait voulu partir à leur recherche… puis, s'était ravisée, de peur d'être rejetée.

De véritables retrouvailles venaient donc de se faire en ce samedi après-midi glacial de décembre, autour d'un chocolat amical qui ne réchauffait pas seulement les corps mais aussi les cœurs.

Lorsqu'Ombeline eut Tara au téléphone quelques jours plus tard, elle essaya de la persuader d'une chose qui revêtait une grande importance à ses yeux :

— Tu sais Tara, tu devrais passer voir mes parents.

Ils seraient tellement heureux !

Combien de fois, ma mère m'a parlé de toi ! Combien de fois elle m'a dit de te retrouver et de te recontacter ! Je lui disais que j'allais le faire, puis je laissais le temps filer et j'oubliais. Et dix ans ont passé…

Devant l'insistance d'Ombeline, Tara accepta de passer voir la famille qui devait se réunir au grand complet, le dimanche suivant.

Elle savait déjà d'avance que l'instant serait crucial.

Tara avait décidé de s'habiller simplement : en jean-baskets.

Au cas où je devrais m'enfuir en courant… pensa-t-elle, à présent paniquée à l'idée de tous les retrouver. Et puis, c'était la tenue qu'elle portait très souvent à l'âge de vingt ans. Elle se disait qu'ainsi, ils la reconnaitraient plus facilement même si finalement elle n'avait pas tant changé en dix ans. Mais surtout, elle se disait qu'ils l'accepteraient peut-être plus facilement si elle ressemblait à ce qu'elle avait été à cette époque-là.

Lorsqu'elle arriva sur le palier de la porte, Tara était partagée par un sentiment ambivalent : elle était heureuse de savoir qu'elle allait tous les revoir, mais elle redoutait aussi leurs attitudes. Allaient-ils lui en vouloir d'être partie sans prévenir ? La mère d'Ombeline lui ferait sûrement des reproches…

Son cœur battait à tout rompre. Elle imaginait déjà les visages de chacun.

À l'intérieur, tout le monde l'attendait.

— Elle arrive ! Elle arrive ! dit Ombeline à voix basse. Papa, tu es prêt ? demanda-t-elle à son père qui se tenait à côté de la chaîne stéréo.

Ils lui avaient préparé une surprise.

Lorsque Ombeline lui ouvrit la porte et que Tara les vit tous alignés en arc de cercle dans le salon, les larmes lui montèrent aux yeux, sans qu'elle n'arrive à les maîtriser.

Tara fut accueillie par une musique des années 80, une chanson qui révélait les sentiments de chacun, celle qui remémorait les moments complices, celle qui signifiait que personne ne l'avait oubliée :

— *J'oublierai ton nom… d'aucune façon !* fusa dans la pièce.

L'émotion était dense. Chacun l'exprimait à sa façon.

Ombeline l'accueillit la première en lui faisant deux bises sur les joues.

Puis, Annick la prit dans ses bras, en pleurant à chaudes larmes.

— Une vraie Mama italienne... plaisanta Christophe, même si à force de voir pleurer tout le monde, il ne pouvait s'empêcher d'avoir les larmes aux yeux lui aussi. Il enlaça alors de ses deux grands bras musclés Tara et sa mère en même temps.

Le père d'Ombeline lui pinça gentiment les joues avant de l'embrasser sur le front. Il était ému. Quant aux enfants de cette dernière, ils décidèrent de l'appeler « Tata ».

Il y avait bien longtemps qu'elle ne s'était pas sentie autant aimée.

Finalement, les appréhensions de Tara n'étaient pas fondées. Annick ne lui en voulait pas et pardonnait les erreurs de jeunesse. Trop contente de la retrouver, cette dernière ne voulait en aucun cas gâcher le moment présent.

Tara avait en outre tout de suite reconnu l'odeur de la maison.

Il y avait toujours un parfum de chocolat à l'intérieur. Il y avait toujours un gâteau dans le four.

Après les premières émotions passées, elle avait ensuite regardé autour d'elle et dévoré du regard avec nostalgie, les meubles anciens toujours présents : la bibliothèque en bois de merisier massif jouxtait des fauteuils crapauds drapés de velours vert, tandis que la cheminée en marbre de Seravezza avoisinait une commode Régence. Tous ces souvenirs hérités de familles bourgeoises donnaient un pincement au cœur à Tara qui les revoyait avec bonheur. Au cours de la journée, elle effleura ensuite ces meubles, du bout des doigts, comme pour s'imprégner d'un bonheur passé. Tara avait toujours aimé cet endroit qui, malgré la vieillesse de sa décoration enveloppait chaque visiteur d'une ambiance chaleureuse.

Lors de ce moment empli de nostalgie heureuse, Ombeline vint la rejoindre en lui disant :

— On est bien ici, hein ?

— Oui, tellement bien, répondit Tara, en souriant.

— Je me dis ça à chaque fois que je reviens chez mes parents.

Et pourtant, je suis heureuse aussi maintenant, dans ma nouvelle maison, avec ma famille. Mais ici, c'est différent. Ce sont mes racines.

— La maison du bonheur…

— Oui, tu as raison. La maison du bonheur.

Elles furent interrompues par Annick qui cria à qui voulait bien l'entendre :

— J'ai besoin qu'on vienne m'aider en cuisine !

— J'y vais ! dit alors Tara. Cela me fait plaisir de l'aider… depuis le temps.

— Vas-y ma belle ! Je vais voir si les enfants sont sages. On se retrouve à table, OK ?

— OK !

À la fin du repas, lorsque Christophe rejoint Tara dans la cuisine, alors qu'elle aidait Annick à apporter les biscuits chocolatés qui devaient accompagner le thé et que cette dernière venait de s'éclipser, il la serra tendrement dans ses bras et lui dit d'une voix affectueuse, comme l'avait fait les autres :

— Tu nous as beaucoup manqué Tara.

Christophe l'embrassa sur la joue et repartit aussi vite qu'il était arrivé, laissant Tara sans voix, surprise par le geste empli d'affection du frère de son amie.

Il me considérait comme sa petite sœur, pensa-t-elle. J'ai toujours été une gamine à ses yeux...

Tara remarqua que Christophe avait utilisé le « nous ». Cela avait certainement été beaucoup plus facile pour lui d'exprimer ses sentiments ainsi. Il n'aurait jamais osé dire « tu m'as manqué » ni même la prendre tendrement dans ses bras si les autres membres de la famille ne l'avaient pas fait avant lui.

Tara s'était sentie bien durant la minute pendant laquelle Christophe l'avait étreinte. Elle s'était sentie en sécurité comme jamais auparavant, contre son torse revêtu d'un doux pull en maille.

Ombeline arriva dans la cuisine et voyant son air rêveur, elle lui demanda :

— Qu'est-ce qu'il t'arrive ? Tu sembles bien songeuse tout à coup. Il y a pleins d'émotions, hein ? Je suis tellement contente que tu sois là, je t'ai toujours gardé dans mon cœur tu sais.

— Arrête ! lui répondit Tara. Tu vas me faire pleurer. Déjà, avec ta mère tout à l'heure, je n'ai pas pu m'empêcher.

— Mais c'est vrai ! Je savais qu'un jour, on se reverrait !

Bon, allez, on n'en parle plus… dit finalement Ombeline, voyant qu'elle commençait elle aussi à être un peu trop émue.

Et au fait, tu sais que Christophe n'arrête pas de te « mater » ! conclut-elle en souriant et en lui donnant un léger coup de coude dans le bras, en signe de complicité.

— N'importe quoi ! lui répondit Tara, ne voulant pas la croire. Gênée, elle repartit aussitôt dans le salon pour échapper à la conversation.

***

Malgré l'enthousiasme des retrouvailles, Tara décida, les jours suivants, de ne plus jamais les revoir.

Elle se replia sur elle-même pour ne pas encore souffrir.

Elle les avait tellement aimés, que lorsqu'elle les avait tous perdus une dizaine d'années auparavant, cela lui avait fait trop de mal. Tara ne voulait pas que cela recommence encore une fois. Elle savait qu'elle ne faisait pas vraiment partie de la famille… et Tara se laissa peu à peu happer par la pensée négative que l'un d'eux pourrait l'éjecter du cercle familial, un jour ou l'autre, en faisant suivre les autres derrière lui, sans qu'elle ne puisse rien y faire.

Cette fois-ci, c'est Annick qui vint la chercher, puisque Tara ne répondait ni aux invitations ni aux messages laissés sur sa boîte mail ou sur son téléphone. Elle sonna un soir à sa porte, sachant que Tara serait de retour de son travail.

Elles s'assirent, Annick sur le canapé, Tara sur un fauteuil, face à elle.

Annick commença à parler de façon vive :

— Je ne te laisserai pas partir cette fois-ci. Tu m'entends ? Quoiqu'il se passe entre toi et Ombeline… enfin, si un jour, il vous arrivait de vous disputer… tu seras toujours la bienvenue à la maison. Tu es ma deuxième fille. Je t'ai toujours considérée comme ma deuxième fille. Rappelle-toi : « la famille du cœur ». Tu me crois Tara ?

Cette dernière répondit à voix basse, baissant la tête pour ne pas montrer ses larmes :

— Oui.

— J'ai trop souffert de ne plus te voir, de ne pas te retrouver, lui dit la mère d'Ombeline, les sanglots lui nouant la gorge.

— J'étais partie à New York… murmura Tara, en baissant la tête.

Elle avait l'impression d'être une petite fille, grondée par sa maman. Et cela lui faisait du bien de retrouver ce sentiment perdu.

— Je sais chérie, mais tu es là aujourd'hui… et nous aussi, dit Annick en radoucissant sa voix.

Tu ne peux pas nous rayer comme ça de ta vie… plus maintenant.

Tara était prête à croire ce que celle-ci lui disait. Elle savait que c'était une femme de cœur et se rendait à présent compte que celle qu'elle avait considérée comme sa seconde maman ne la laisserait pas tomber. Se sentir ainsi aimée l'émouvait plus que tout au monde. Elle réussit tout juste à dire en se jetant sur les genoux d'Annick qui était assise :

— J'ai eu trop mal… J'ai eu vraiment trop mal…

Cette dernière lui caressa doucement les cheveux comme elle l'aurait fait avec ses propres enfants, en disant :

— Je sais… Je sais…

Puis, la mère d'Ombeline conclut par des termes qui ne devaient laisser planer aucun doute :

— Nous t'aimons tous Tara. Tu dois en être certaine. Tu es de la famille.

Elles restèrent ainsi toutes les deux à pleurer.

Au bout d'un certain temps, Annick décida de partir, non sans oublier de dire à la jeune femme :

— On te compte parmi nous à Noël, d'accord ?

Voyant l'hésitation de Tara, elle ajouta gentiment, mais fermement :

— Et tu n'as pas le droit de dire « non » ! Tu ne fais rien de toute façon ?

— Non, c'est vrai, je vais être seule. Bon, c'est d'accord, je serai avec vous, lui répondit Tara en souriant enfin. C'était le plus beau cadeau qu'on pouvait lui faire.

Annick partit finalement en clamant avec gaité, alors qu'elle se trouvait devant l'ascenseur :

— Et ne t'inquiète pas pour les cadeaux ! Tu n'as pas besoin d'en apporter ! Il y en aura suffisamment pour tout le monde !

Une heure plus tard, tandis que Tara s'était tranquillement installée devant la télévision, assise en tailleur sur son canapé et le cœur rassuré, elle entendit à nouveau sonner.

Elle répondit à l'interphone. C'était Christophe qui venait la relancer lui aussi.

— Décidément cette famille ! se dit-elle en souriant, contente de voir qu'elle avait un peu d'importance à leurs yeux.

Elle se regarda dans le miroir. À la limite de la panique, elle eut tout juste le temps de mettre un bandeau sur sa tête pour cacher sa coiffure désastreuse.

Christophe apparut un bouquet de fleurs à la main. Il sentait bon le chocolat.

Signe qu'il vient de quitter « la maison du bonheur », pensa Tara.

Elle lui demanda alors :

— Tu viens de chez tes parents ?

— Oui. Pourquoi ?

— Oh ! Pour rien ! Je m'en doutais, c'est tout...

Puis, elle réfléchit.

— C'est Annick qui t'envoie, non ?

— Tu connais ma mère... Elle est tenace.

Mais Christophe était surtout là, car il en avait très envie.

— Entre ! lui dit Tara un peu gênée. Tu as mangé ? Ou tu préfères quelque chose à boire ?

— Quelque chose à boire si tu veux, j'ai déjà grignoté un truc chez mes parents.

— Chaud ou froid ?

— Chaud si tu as. Il fait un froid glacial dehors, dit-il en soufflant sur ses mains comme pour les réchauffer.

— Tu aimes toujours autant le chocolat au lait ?

— J'adore ! lui répondit-il, enthousiaste.

— Alors deux chocolats au lait, deux ! clama-t-elle, comme si elle était serveuse dans un bar.

Cela les fit sourire.

Pourtant le silence s'installa de nouveau entre eux.

Christophe fut obligé de le rompre en disant quelque chose de banal :

— C'est pas mal ici !

— Bof ! Tu sais, j'ai laissé tous mes meubles à New York. Alors en arrivant ici, j'ai préféré prendre un meublé.

Mais, Tara n'avait pas pris n'importe quel meublé et celui-ci était très élégant avec sa cuisine en laqué blanc et son salon en cuir noir.

La gêne du départ se dissipa peu à peu.

Christophe et Tara n'avaient jamais eu vraiment l'habitude de se retrouver seuls tous les deux. Il y avait toujours eu en leur présence un membre de la famille d'Ombeline.

Pourtant ce soir-là, ils se laissèrent porter par le moment présent, se remémorant les bons vieux souvenirs, riant même aux éclats lorsque ceux-ci étaient très drôles.

Il y eut des moments d'émotion aussi…

Christophe lui posa des questions à propos de ses parents lorsqu'il vit les photos accrochées au mur. Tara en parla. Puis, mise en confiance, elle lui confia qu'elle ressentait leur présence quelquefois. Christophe lui avoua que lui aussi parfois avait l'impression d'avoir son grand-père à ses côtés.

Ils étaient étonnés l'un et l'autre de vivre les mêmes expériences avec leurs chers disparus.

Tara n'en avait jamais parlé à personne, Christophe non plus et cela créa entre eux une complicité dans le secret.

Mais Tara avait du mal à raconter l'histoire de ses parents. Dès que les mots commençaient à sortir, les souvenirs poignants ressurgissaient et le manque de les voir l'étreignait au-delà de tout. Les larmes se mettaient alors à rouler sur ses joues sans qu'elle n'arrive à les retenir. Elle fut donc obligée de changer de conversation pour ne pas se laisser envahir par le chagrin. C'était le seul moyen qu'elle avait trouvé pour faire face à sa peine.

Puis, Christophe décida de partir lorsqu'ils commencèrent à bailler.

Ils s'embrassèrent sur les deux joues et Christophe

lui dit calmement en la regardant droit dans les yeux :

— On se voit à Noël alors ?

— Oui, OK, on se voit à Noël.

— Promis ?

— Promis.

— Tu ne t'enfuiras pas avant ?

— Mais non ! Ne t'inquiète pas ! Ta mère m'a déjà fait la leçon ! lui répondit-elle en souriant, pour la rassurer.

— J'ai hâte.

— Moi aussi.

Il regardait Tara sans vouloir la quitter. Elle était encore plus belle qu'avant et son visage avait mûri.

Lorsque Christophe s'engouffra dans l'ascenseur et que Tara ferma sa porte d'entrée, elle resta quelques minutes le dos appuyée contre celle-ci, pensant au moment agréable qu'elle venait de passer en compagnie de l'ami aux vieux souvenirs.

Ils avaient pourtant changé l'un et l'autre. À l'époque, Christophe la voyait davantage comme la deuxième petite sœur agaçante et elle, comme le grand frère qui pouvait même, à certaines heures, être l'ennemi juré.

Lorsque Tara avait disparu de leurs vies, Christophe s'en était d'ailleurs à peine aperçu. Il dormait tous les week-ends chez sa petite amie de l'époque et se préoccupait davantage de sa vie insouciante de jeune couple.

Puis, avec le temps et après la rupture d'avec cette

petite amie, il s'était réellement rendu compte que Tara ne passait plus chez ses parents et elle avait commencé à lui manquer…

***

Quelques jours passèrent et tout le monde se retrouva dans le refuge qui avait accueilli Tara lorsqu'elle en avait eu tant besoin.

Quand Ombeline la vit arriver dans le salon, elle ne put s'empêcher de s'exclamer :

— Comme tu es belle !

En effet, Tara venait d'enlever son manteau, laissant découvrir un corps parfait, moulé par une robe de soirée noire. Son cou et ses oreilles étaient joliment parés de bijoux en strass, scintillant sous les lumières du salon.

Puis, se tournant vers son frère qui se trouvait à coté d'elle, Ombeline continua, pleine d'enthousiasme :

— Hein Cri-Cri ? Dis-lui toi aussi qu'elle est magnifique ! Au moins, elle te croira, comme tu es un garcon !

Étonné par la remarque de sa sœur et regardant avec admiration la jeune femme face à lui, Christophe osa à peine confirmer :

— Euh ? Oui… Tu es magnifique Tara.

Il ne l'avait jamais trouvé aussi belle.

En d'autres circonstances, il n'aurait jamais osé affirmer une telle chose, mais comme sa sœur l'y avait fortement incité, Christophe était finalement heureux d'avoir osé dire ce qu'il pensait.

— Ouais… Bon d'accord… soupira Ombeline, sceptique devant l'attitude de son frère. Décidément, ma chérie !... les hommes ne sont pas faits pour faire des compliments ! affirma-t-elle en prenant Tara par le bras et en l'emmenant vers le vestiaire. Cette dernière sourit à Christophe et suivit son amie qui continuait sa litanie à propos des différences hommes-femmes.

Elles revinrent dans le salon après quelques minutes passées à bavarder dans le couloir. Tara regarda autour d'elle.

L'esprit de Noël était présent, il planait joyeusement de toute sa chaleur humaine autour des convives.

En regardant les nombreux cadeaux qui avaient été amoncelés au pied du sapin, Tara se dit qu'Annick avait effectivement raison et qu'il y en avait pour tout le monde ! Malgré tout, son coffre de voiture en était plein lui aussi. Elle avait préféré prévoir et les gâter autant qu'ils le méritaient. Les enfants entreprirent même de les compter.

— Au moins, ça les fera attendre… lui dit Ombeline, en soupirant devant l'impatience de sa progéniture.

Tara était consciente que cela n'était pas toujours facile d'être mère, mais malgré tout, en voyant Ombeline, elle se disait que celle-ci nageait dans le bonheur. Cela se voyait sur son visage, toujours épanoui depuis leurs retrouvailles. Ombeline lui avait d'ailleurs confié qu'elle était beaucoup plus heureuse qu'à vingt ans, même si la trentenaire était davantage fatiguée et qu'elle avait moins de temps pour s'occuper de sa propre personne.

— Allez « Super Maman » !… lui dit alors Tara en la prenant par le bras. Viens avec moi te « goinfrer » de canapés et de petits fours ! Ça va te consoler ! ajouta-t-elle en plaisantant.

Puis, à voix basse, elle lui dit, car elle l'avait vu par la porte entrouverte :

— Il y en a pleins dans la cuisine. On aidera ta mère à les mettre sur les plateaux et on en grignotera en même temps !

— Ouh la ! Je ne sais pas si elle va nous laisser faire… Mais tu as raison ! Allez ! Prenons trois kilos en une soirée ! On s'en fiche, c'est Noël !

Et elles se mirent à rire, contentes de retrouver leur complicité d'antan.

De leur côté, les trois hommes de la maison avaient eux aussi décidé d'être de bonne humeur en ce jour de festivité. Ils n'arrêtaient pas de plaisanter.

Et parce que Tara était présente, chacun était conscient de la chance qu'il avait de se retrouver en famille pour Noël. Ils savaient tous que les années précédentes, Tara avait passé la soirée seule et que généralement, elle en profitait pour se coucher plus tôt que d'habitude.

Cette soirée allait-elle enfin la réconcilier avec les fêtes de fin d'année ?

Pour le moment, elle était heureuse, profitant

pleinement du moment présent, riant des histoires drôles racontées par les garçons, dansant et chantant avec Ombeline, Annick et les enfants.

Ils décidèrent ensuite d'ouvrir les cadeaux qui s'étaient accumulés au pied du sapin, avant de se mettre à table.

En ouvrant celui de Christophe, Tara découvrit la pochette d'un vieux 45 Tours dont le titre était *J'oublierai ton nom*. Elle sourit, heureuse de la symbolique du présent. Tara leva la tête pour chercher Christophe. Il la regardait, ne voulant rater pour rien au monde, l'effet de surprise qu'il avait voulu provoquer. Comme il se trouvait de l'autre côté du sapin et qu'il ne pouvait pas l'entendre entre les cris des enfants et la musique, elle lui dit « Merci » en remuant les lèvres. Christophe lui répondit : « De rien » de la même façon.

Puis, il fit le tour du sapin et s'approcha d'elle, en sortant un petit paquet de sa poche.

— Mais mon vrai cadeau, c'est celui-là…

Soudainement gêné, il avait fallu de peu pour qu'il n'ose pas le lui donner.

Tara défit avec fébrilité le nœud et l'emballage. Puis, elle ouvrit la minuscule boite et y découvrit un pendentif en forme d'ange entouré d'un cœur de diamants.

— C'est Cupidon, lui dit-il en parlant à voix basse, pour que le reste de la famille ne l'entende pas. Je sais que tu aimes bien les anges.

— C'est vrai : j'adore ! lui répondit-elle en

murmurant, partagée entre un sentiment de gêne et de bonheur Mais… c'est magnifique Christophe ! Merci !

Puis, se rendant soudain compte que le présent qu'elle tenait dans ses mains devait coûter très cher, elle continua :

— Mais tu es fou ! Tu n'aurais jamais dû. C'est trop beau.

— C'est pour tous les Noëls qu'on aurait dû fêter ensemble… et qu'on a manqués.

Ombeline et Annick étaient restées à les regarder du coin de l'œil, attendries et curieuses de connaître la suite de l'histoire. Toutes deux étaient surprises du changement de comportement de Christophe et de Tara l'un vis-à-vis de l'autre. Mais bien entendu, elles avaient fait mine de ne rien voir.

Troublée plus qu'elle ne l'aurait voulu, Tara ouvrit le reste de ses cadeaux tout en pensant à la scène qu'elle venait de vivre avec Christophe. Elle trouva un livre de Bernard Werber *Les Thanatonautes*, des chocolats, un livre-photos sur lequel elle redécouvrit d'anciens clichés d'elle avec la famille d'Ombeline, des dessins de la part des enfants, un autre livre magnifique sur l'actrice Amandine Faway qu'elle avait ouvert par erreur et qui était en réalité destiné à Christophe. Elle le lui tendit, gênée.

Puis, ils s'installèrent tous à table et dinèrent joyeusement autour de toasts de saumon fumé, de médaillons de foie gras et d'une dinde aux marrons accompagnée de ses pommes de terre.

Tara avait toujours été à l'aise dans cette maison et avait eu l'habitude de se comporter comme si elle se trouvait chez elle. Ce soir de Noël, lorsque la jeune femme s'était aperçue que la panière à pain était vide, elle avait donc pris l'initiative d'aller en couper quelques tranches en cuisine.

Tout en les disposant en quinconce, elle regardait de loin la tablée, merveilleuse famille, heureuse de se retrouver ensemble.

Tara profita de ce petit moment calme pour penser quelques minutes à ses parents et leur dit mentalement qu'elle les aimait.

Elle se disait qu'ils devaient sûrement être heureux pour elle de la savoir en si bonne compagnie. Le cœur serré, Tara les imaginait souriant. Puis, pour ne pas pleurer, elle repartit aussitôt à table, auprès des vivants.

Le repas était presque terminé lorsque minuit sonna à la vieille horloge comtoise, héritée de la grand-mère paternelle.

Tout le monde scanda « Joyeux Noël ! » et les couples s'embrassèrent.

Christophe et Tara se trouvaient, à ce moment-là, loin des autres convives. Envoyés par Annick dans la cuisine, ils présentaient sur un plat de fête le dessert et ses feux d'artifice.

— Ah ? C'est Noël ! dit Tara.

— Oui. On doit s'embrasser, lui répondit Christophe.

— Oui, murmura-t-elle.

Timide, elle s'approcha de lui en baissant la tête.

Il hésita, se disant qu'elle ne voudrait plus lui parler après ça. Puis Christophe se lança, quitte à la perdre pour toujours. Il lui souleva délicatement le menton et lui donna un baiser.

Tara se laissa enveloppée par l'instant de félicité. Elle était enfin heureuse…

Quoi de plus normal dans cet endroit qu'elle avait toujours appelé « la maison du bonheur » ?

Angéline

Elle sortit du pot en verre une énorme cuillère remplie de pâte à tartiner et la regarda, prête à commencer l'exquise dégustation.

— Il paraît que le chocolat fait mieux fonctionner les neurones, s'exclama-t-elle, souriante.

Elle l'engloutit, puis savoura l'onctueux mélange de chocolat et de noisettes.

— Un délice ! ne put-elle s'empêcher d'affirmer.

Puis, observant ensuite à regret la feuille désespérément blanche, posée devant elle, l'étudiante soupira.

Depuis cinq bonnes minutes, elle remettait ses feuilles en place, bien droites, au-dessus de la pochette cartonnée. Elle avait taillé son crayon de papier au moins trois fois et s'était assurée que tous ses stylos billes fonctionnaient. Mais rien n'y faisait. Aucune inspiration ne venait…

Elle regarda par la fenêtre. Le ciel arborait un joli bleu charrette, parsemé de nuages aux figures cotonneuses. Lorsqu'elle avait l'âme poète, elle arrivait même à distinguer de paisibles moutons blancs ou de la fumée sortant d'hypothétiques cheminées. Mais ce jour-là, seules de belles formes arrondies apparaissaient… à part peut-être un semblant de tablette de chocolat dans le coin ouest de la fenêtre, sûrement dû au goût chocolaté de la pâte à tartiner qu'elle venait de déguster. Les nuances floconneuses des cumulus, tantôt blanches tantôt grises, furent ainsi propices à la rêverie et son esprit se mit à vagabonder.

De doux souvenirs refirent surface… un salon de thé aux allures de salle à manger bien entretenue. Elle y buvait tranquillement son chocolat chaud. Le bas du visage emmitouflé dans son écharpe mohair, elle tenait sa tasse bien fermement entre les deux mains afin de les réchauffer. Ce moment de chaleur voluptueuse était d'autant plus agréable qu'elle commençait à apercevoir la neige tomber par gros flocons à travers la fenêtre aux croisillons de bois blanc.

La jeune femme aimait de plus en plus ce lieu. Elle s'y sentait bien.

Un endroit public un peu comme à la maison, aimait-elle penser.

Elle décida alors de commander en même temps que son chocolat au lait une chocolatine…doux mot qui avait bercé son enfance.

Elle se rappelait encore la première fois qu'elle avait commandé la viennoiserie dans une boulangerie du quartier. La vendeuse l'avait regardée avec de grands yeux étonnés. Ici les chocolatines s'appelaient « pains au chocolat ».

Il faudra que je m'y habitue… avait-elle pensé ensuite lorsqu'elle avait décidé de s'installer à Paris.

Originaire de Biarritz, elle avait quitté son Pays Basque natal pour venir faire ses études dans la capitale.

Elle avait trouvé un appartement en colocation avec trois autres étudiants. L'entente était cordiale et elle avait l'impression d'avoir des frères et sœurs. Fille unique, il lui semblait vivre une expérience inédite, n'ayant encore jamais vécu avec des personnes de son âge, sauf peut-être pendant les vacances d'été de son enfance, lorsqu'elle restait chez ses grands-parents avec sa cousine Nathalie.

Les quatre colocataires de l'appartement faisaient souvent des sorties ensemble, au cinéma ou dans des soirées étudiantes. Ils voulaient aussi profiter de la vie culturelle parisienne et avaient déjà visité le Musée du Louvre ainsi que le Musée d'Orsay, sans oublier bien évidemment la montée incontournable de la Tour Eiffel.

Pour la bonne entente du groupe, ils avaient pris l'habitude de se partager les tâches ménagères. Lorsque la Biarrote préférait passer l'aspirateur, Marina, la Toulousaine, en fin cordon bleu, adorait leur préparer de bons petits plats, tandis qu'Ewen, le Breton s'occupait la plupart du temps de faire la vaisselle avec Vincent, le Lillois. Le partage des tâches étant une affaire résolue, l'amitié du groupe pouvait s'épanouir pleinement.

Bien entendu, il y avait de temps en temps de petites chamailleries, surtout entre Marina et Vincent, mais généralement, rien de bien important et la jeune femme appréciait de se sentir ainsi entourée. Elle avait conscience que sans cette famille d'amis, cela aurait difficile de s'habituer à la grisaille parisienne…

Elle culpabilisait d'avoir laissé son père seul à Biarritz. Celui-ci l'avait incitée à venir étudier dans la capitale. Il savait que c'était la meilleure solution pour son avenir, même si son cœur était lourd, rien qu'à l'idée de la savoir loin de lui, durant ces quelques mois.

— Je reviendrai le plus souvent possible ! lui avait-elle promis.

— Ne t'inquiète pas. Ça va aller, lui avait-il menti.

On était vendredi, c'était le seul jour où elle s'autorisait une grande gourmandise, une bonne chocolatine.

Quel délice ! pensa-t-elle, consciente que ce plaisir devait être rare et apprécié.

De l'autre côté de la pièce sombre, un jeune homme s'asseyait tous les jours à la même table, celle qui se trouvait sous la plus grande fenêtre.

Peut-être pour avoir un meilleur éclairage ? supposait Mademoiselle Etcheverry, car elle avait remarqué que le jeune homme passait de longues heures à donner des coups de crayon agiles sur ce qui semblait être une feuille. Cette dernière était posée sur une large pochette rigide et cartonnée, comme celles qui sont marbrées vert et noir et que l'on imagine remplies de futures toiles de maître, de croquis qui seront vendus à prix d'or d'ici quelques années.

De temps à autre, elle l'observait et le regardait dessiner. Absorbé par son travail, il semblait ne pas y prêter attention et lorsque leurs regards se croisaient, la jeune femme faisait mine de boire une gorgée de thé, de café ou de chocolat, en fonction de la boisson qu'elle avait choisie ce jour-là, tout en baissant ensuite rapidement les yeux dans sa tasse.

Elle le regardait et imaginait qu'il serait plus tard un grand peintre, tels Renoir ou Monet.

Il la regardait et esquissait son beau visage sur la feuille blanche qui se trouvait devant lui.

Mademoiselle Etcheverry n'avait jamais remarqué qu'Antoine effectuait son portrait. Elle pensait plutôt qu'il dessinait les lieux avec les gens allant et venant, croqués à la va-vite, car ils ne restaient pas.

Le peintre ne doit sûrement pas avoir le temps de dessiner chaque détail de chaque visage, pensait-elle.

Heureusement, la plupart des personnes étaient des habitués, alors quand Monsieur Jacquart entrait, Antoine sortait discrètement le portrait qu'il avait commencé de lui et continuait patiemment son travail, jusqu'à ce que l'achèvement soit complet et le résultat parfait. Puis, c'était au tour de Monsieur Thibault, dont le portrait était plus difficile à effectuer. Toujours pressé, l'homme ne restait généralement que dix minutes, le temps d'avaler un café et de le payer. Il fallait alors à Antoine une véritable vivacité d'esprit pour pouvoir réussir l'exploit de continuer de bon matin, à peine réveillé, le portrait de l'homme qui allait toujours trop vite. Mademoiselle Etcheverry au contraire, prenait le temps de boire son chocolat en lisant un livre, c'était pour elle le moment de détente nécessaire avant d'attaquer sa journée. Elle avait souvent bien du mal à se réveiller et les minutes étaient longues, avant que ses neurones comprennent qu'il était temps de s'activer. Antoine en était ravi. Il prenait ainsi le temps de peaufiner chaque détail du visage de la jeune femme : ses beaux yeux marron, expressifs, donnaient envie de mieux la connaître, son nez en trompette et ses pommettes rebondies montraient chez elle une prédominance à la gaité, sa bouche en forme de cœur se cachait souvent derrière sa tasse et enfin, il y avait ces petites rides d'expression, à peine visibles, que seul un œil expert pouvait détecter.

Derrière son comptoir, tout en essuyant quelques verres, Camille la propriétaire du salon de thé, remarquait le manège entre les deux jeunes gens : fuite des regards, observation pour peaufiner le dessin ou tout simplement pour le plaisir des yeux, fuite des regards à nouveau. Elle voyait Mademoiselle Etcheverry partir, puis Antoine quitter les lieux peu de temps après elle. Ce dernier venait plusieurs fois par jour. Peintre de profession, il aimait s'inspirer des gens.

Cette nuit-là, il fit un rêve étrange.

Une main amie et lumineuse lui tendait quelque chose.

Il n'arriva pas à distinguer au début ce que c'était. Puis, il cligna des yeux afin de les habituer à la clarté et vit dans la main tendue une pierre, une gemme polie aux formes arrondies, comme un petit galet. La teinte bleue grisée l'interpella...

Il savait déjà qu'il s'en souviendrait.

Un peu comme le bleu horizon, pensa-t-il, en grand connaisseur des couleurs.

— Voici une angélite, lui dit-on.

Il regarda ce qu'on venait de lui offrir. La pierre était douce, petite.

Même s'il se doutait que cela avait une signification... pour le moment, il n'en comprenait pas le sens.

Quelle ne fut pas sa surprise lorsque ce matin-là, la jeune femme qu'il avait l'habitude de dessiner vint le voir à sa table, en lui disant :

— Bonjour ! Excusez-moi de vous déranger ! J'ai remarqué que vous dessiniez souvent. Est-ce que par hasard, vos dessins seraient à vendre ?

Bien qu'elle n'ait aucune idée de la qualité de son travail, c'était le seul prétexte qu'elle avait trouvé pour le rencontrer.

— Euh oui... bien sûr, répondit-il gêné. Antoine s'exprimait généralement par la peinture et le dessin. Sans eux, il avait tendance à se sentir intimidé.

Voyant qu'il n'était pas très à l'aise, la jeune femme lui tendit alors la main, en disant :

— Au fait, mon prénom, c'est Angéline !

— Pardon ? Angé...lite ?

— Non, Angéline ! Oui, je sais, ce n'est pas courant.

— Oh non, ce n'est pas ça ! C'est très joli au contraire !

Puis, curieux de la concordance des situations, du lien entre son rêve et la réalité, il osa lui demander :

— Vous connaissez la pierre ? L'angélite ?

— Oui, regardez ! J'en ai une autour du cou !

Il regarda la pierre aux teintes bleues grisées et murmura :

— Mince…

D'étonnement, il en fit tomber son verre d'eau.

Il ouvrit de grands yeux, c'était la pierre de son rêve.

Elle lui répondit alors, sans le regarder, parce qu'elle l'aidait à éponger l'eau renversée sur la table :

— Oui, mince en effet. Je suis étonnée que vous la connaissiez. La plupart du temps, c'est une pierre dont personne n'a jamais entendu parler.

— Je ne la connais pas depuis longtemps.

Effectivement, Antoine ne connaissait son existence que depuis quelques heures, une gemme bleue apparue dans un rêve.

Alors qu'il continuait d'éponger la table avec des mouchoirs en papier, pris à la va-vite dans la poche intérieure de son blouson et qu'il soulevait sa pochette pour éviter le pire, une série de feuilles s'échappa et atterrit par terre, aux pieds de la jolie demoiselle.

— Décidément ! Je ne vais pas y arriver ! lui dit-il, en souriant.

Elle ramassa un dessin, le regarda et le lui rendit les larmes aux yeux.

— Qu'y a-t-il Angéline ?

— On dirait ma mère…

— Sur le dessin ?

— Oui. C'est le portrait de ma mère.

— Pourtant, c'est vous que j'ai voulu représenter. Je ne connais pas votre mère.

— C'est elle pourtant.

L'émotion avait été si vive, elle avait été tellement surprise qu'elle n'avait pu retenir ses larmes et venait de s'assoir machinalement sur la chaise d'à côté.

— Vous devez énormément vous ressembler.

— Il parait, oui… lui répondit-elle, les larmes roulant sur ses joues.

Ma mère est décédée il y a plusieurs années.

— Oh, je suis désolé… lui répondit le jeune homme.

— Ce n'est pas de votre faute. Vous ne pouviez pas savoir.

Angéline quitta sa chaise, prête à partir.

— Vous voyez, elle est toujours vivante… à travers vous !

Antoine essayait de rattraper sa « maladresse », il lui montrait son dessin. Il était tellement désolé qu'elle pleure à cause de lui.

Angéline lui répondit en essayant de sourire :

— Vous avez sûrement raison.

— Est-ce que je peux vous offrir quelque chose à boire pour me faire pardonner de vous avoir fait pleurer ?

— Vous n'avez rien à vous faire pardonner. Ce n'est pas de votre faute.

Mais par contre, je veux bien quelque chose à boire, lui dit-elle avec une voix, qui semblait prête à vouloir se débarrasser de ses sanglots. Puis, elle ajouta :

— Vous voulez bien me montrer vos dessins ?

Antoine hésita. Il n'aimait pas montrer son travail. Et si elle n'aimait pas ses gribouillis ? Si elle trouvait ses dessins nuls ? Si elle pensait qu'un enfant aurait pu tout aussi bien faire ?... Il aurait eu tellement honte.

Ne se rendant pas compte de sa gêne, elle osa prendre le croquis du dessus.

— Celui-là est magnifique ! Mais... c'est le monsieur qui vient tous les matins et qui boit son café à toute vitesse, non ?

— Oui, c'est bien lui.

— Waah ! C'est vraiment très ressemblant ! Je l'ai tout de suite reconnu !

Vous dessinez merveilleusement bien, continua-t-elle en relevant la tête et en le regardant, cette fois-ci, droit dans les yeux.

Antoine était gêné. Elle était éblouissante de beauté... et se trouvait à présent à quelques centimètres de lui. Une telle proximité lui donnait des idées torrides.

En prenant une autre feuille, à peine dissimulée dans la pochette, il lui effleura la main. Elle ne bougea pas, laissant sa main en place, comme si de rien n'était.

Il commença alors à lui décrire certains dessins,

ceux dont il était le plus fier, espérant qu'ils lui plairaient.

Angéline remarqua qu'il n'y avait aucun autoportrait.

En effet, bien qu'étant lui-même très beau, Antoine n'avait jamais voulu en faire. Il aurait pourtant été le modèle parfait d'une peinture ou d'un dessin… Des cheveux d'un magnifique blond cendré, une discrète musculature, sculptée sur son corps grâce à de nombreuses allées et venues à vélo, des yeux d'un bleu limpide éclatant, montrant une intelligence de l'âme et une perspicacité dans le regard qu'ont souvent les peintres ou les illustrateurs.

Très observateur, ce que d'autres n'avaient pas eu le temps de voir, lui, l'avait analysé et mémorisé en une fraction de seconde.

Ce n'était pas un super héros. Il possédait juste une mémoire visuelle hors du commun.

Malgré tous ces atouts, il estimait qu'une représentation de lui-même n'était pas vraiment intéressante.

Après lui avoir montré quelques croquis, il la regarda tranquillement et lui demanda :

— Vous voulez boire autre chose ?

— Oui, je veux bien…

Bon, peut-être un truc pour avoir l'haleine fraîche ? pensa-t-elle.

C'est pourquoi elle précisa :

— Une menthe à l'eau, s'il vous plaît ?

Antoine se leva pour aller commander les boissons.

Angéline lui tournait le dos.

Elle entendit une voix qui l'appelait, pensant tout d'abord qu'Antoine avait sûrement besoin d'une précision concernant leur commande. Mais cette voix n'était pas celle du jeune homme… c'était celle de sa colocataire Marina.

— Angéline ! Tu viens manger ? Le repas est prêt !

Comme à son habitude, Marina avait décidé de concocter à ses amis un bon petit plat de sa région, pour le plaisir de tous.

— Je vous ai préparé un cassoulet dont vous me direz des nouvelles ! dit-elle, enthousiaste, de son accent chantant.

Angéline cligna des yeux pour retrouver ses esprits.

Elle répondit à sa colocataire, en criant pour que celle-ci l'entende :

— J'arrive !

Puis, assise à son bureau, elle relut avec satisfaction l'intitulé de la dissertation qu'on lui avait demandé d'écrire : « Inventez une histoire autour d'une pierre, d'un rocher ou d'un caillou ».

Décidément, Monsieur Simon ne sait pas quoi inventer pour faire travailler notre imagination ! pensa-t-elle. Quel prof original !

Ce jour-là, son esprit avait véritablement vagabondé, malgré le manque d'inspiration du milieu de matinée.

C'est le pouvoir magique de la pâte à tartiner ! pensa-t-elle.

Elle ferma sa pochette cartonnée et murmura :

— Si seulement, je pouvais vivre une rencontre comme celle-là… car ce qu'elle venait d'écrire n'était pas la réalité, c'était juste une histoire qu'elle s'était racontée, une rencontre possible avec le jeune peintre qu'elle avait l'habitude de croiser tous les matins… un rêve bleu.

Scrabble et chocolat

Cynthia épela les lettres :

— C, H, O, C, O, L, A, T !

Il y a déjà le O. Je rajoute le C, le H, le C, le O, le L, le A, le T et ça fait chocolat !

— Mon Dieu ! Un scrabble ! Tu as réussi à mettre toutes tes lettres ! s'exclama la vieille femme assise à côté d'elle. Et ton « C » est sur la case « Mot compte triple » ! Ouh la la ! Ton score va être énorme !

— Alors, trois plus quatre, plus un, l'autre « C » est sur la « Lettre compte double » donc ça fait six, plus un, deux, trois, quatre. Je multiplie donc par trois, car le mot compte triple. Ça fait dix-huit multiplié par trois : cinquante-quatre. Je multiplie encore une fois par deux, car c'est le premier tour. Ça fait cent-huit. Et je rajoute cinquante points pour le scrabble. Ça fait un total de cent-cinquante-huit points ! conclut Cynthia, souriante et fière, n'en revenant pas du score qu'elle venait d'obtenir.

— Bon, à mon tour maintenant ! s'exclama Manou. Je ne sais pas comment je vais réussir à te rattraper… dit-elle, tout en commençant à se concentrer sur le mot qu'elle allait mettre.

Puis, finalement, après quelques minutes de réflexion, comme une lumière qui s'éclaira dans son esprit, la vieille femme eut elle aussi l'idée d'un mot à forte valeur ajoutée.

— Tu ne vas pas y croire ! Moi aussi je fais un scrabble !

Alors… Je mets SAVANTS au bout de « chocolat » ! Ce qui fait « chocolat » au pluriel et mon mot « savants » !

— Incroyable deux scrabbles à la suite ! Du jamais vu ! s'enthousiasma Cynthia.

— Je sors une tablette de chocolat pour fêter ça !

— Super ! Oui, tu as raison ! C'est quand même grâce au chocolat qu'on a fait un scrabble l'une après l'autre !

— Vas-y ! Je te laisse compter pendant que je vais chercher une tablette.

— Donc, un plus deux parce que le « A » est sur la case « Lettre compte double », ça fait trois, puis quatre, cinq, six, sept, huit, neuf, dix, onze, douze. On rajoute le mot « chocolat », puisque tu l'as mis au pluriel : ça fait seize. Douze plus seize : vingt-huit et je rajoute cinquante points pour le scrabble. Ça fait un total de soixante-dix-huit points !

C'est pas mal ! la félicita Cynthia.

— Oui, je suis assez contente même si je suis encore loin de ton score. Mais je vais me rattraper ! conclut Manou.

Alors que Cynthia avait pris de nouveaux jetons et qu'elle réfléchissait au mot suivant, tout en dégustant un carré de chocolat aux noisettes, le téléphone sonna.

Manou décrocha.

Elle entendait un souffle au bout du fil, elle savait

qu'il y avait quelqu'un, mais la personne raccrocha sans rien lui dire.

— Encore un fou ! s'exclama-t-elle, furieuse que son interlocuteur ne se soit pas fait connaître.

Cela faisait plusieurs jours que cela se répétait. Un appel, un souffle, puis plus rien.

Elle était terriblement agacée.

La semaine suivante, un vendredi après-midi, alors que Cynthia était de nouveau présente chez Manou et qu'elle se trouvait dans la cuisine, le téléphone sonna encore une fois. Manou décrocha le combiné dans le couloir. Quelqu'un lui parla. Elle écouta puis raccrocha sans dire un mot.

Cynthia trouva cette attitude étrange. Manou avait décroché, écouté, puis raccroché, sans n'avoir prononcé aucune parole.

Bizarre… pensa Cynthia. D'habitude, quand on a quelqu'un à l'autre bout du fil, on dit au moins « oui » ou « non » ou « au revoir ». Là : rien. Manou n'a rien dit.

Finalement, deux semaines plus tard, Cynthia entendit la voix de celui qui était à l'autre bout de la ligne. Cela aurait dû lui donner un indice.

Le téléphone sonna, cette fois-ci encore, vers quinze heures.

— Cynthia, tu veux bien aller décrocher, s'il te plait ?

— Oui, bien sûr.

Cynthia prit le combiné et demanda :

— Allo ?

— Allo, lui répondit une voix faible… celle d'un homme, qui lui semblait avoir cent cinquante ans tant elle paraissait fatiguée. Manou ?

— Un instant, je vous la passe.

Bizarre, il me semble connaître cette voix… pensa Cynthia.

Au moment où elle donna le combiné à la vieille femme, Cynthia se rendit compte qu'elle avait complètement oublié de demander le nom de son interlocuteur.

Manou aurait peut-être préféré le savoir ? se demanda-t-elle. Trop tard ! J'aurais dû y penser avant.

Cela doit être un proche de toute façon, puisqu'il m'a demandé Manou. Tout le monde ne l'appelle pas comme ça… Seuls ceux qu'elle connait bien peuvent se permettre cette familiarité.

La vieille femme mit l'écouteur à son oreille, en disant d'une voix alerte :

— Allo ! Oui, j'écoute !

Tout à coup, Cynthia vit son visage s'assombrir.

L'homme, au bout de la ligne, venait de lui dire :

— Je vais mourir.

Manou écouta, ne prononça aucune parole et raccrocha.

— Ça va ? lui demanda gentiment Cynthia.

— Cela ne te regarde pas, lui répondit sèchement Manou, comme éprise d'une haine contre quelque chose ou quelqu'un.

Elle n'avait pourtant pas l'habitude de parler comme ça et cela ne lui était pas souvent arrivé de s'adresser à Cynthia sur ce ton.

Cela fit d'ailleurs de la peine à la jeune femme, mais cette dernière dût s'éclipser, car l'heure de partir était arrivée. Elle n'eut donc pas le temps de s'attarder sur ses sentiments et oublia ensuite le différend.

Cynthia ne parcourut que quelques centaines de mètres pour aller travailler chez Paul Dupont. Celui-ci vivait à l'autre bout de la rue, qui donnait en réalité de l'autre côté du jardin de Manou, puisque la rue formait un arc de cercle. Entre les deux propriétés, avait été élevé un mur si haut que l'on ne pouvait voir ce qui se passait de l'autre côté.

Cynthia ne s'était pas tout de suite rendu compte que les deux jardins étaient accolés.

Puis, elle avait posé des questions pour savoir qui habitait de l'autre côté. On lui avait répondu avec une telle colère qu'elle n'avait plus jamais rien osé demander.

Cependant dernièrement, Cynthia avait tenté une nouvelle fois de comprendre et avait demandé à Manou :

— Tu sais qui habite de l'autre côté ?

— Oui. C'est un homme.

— Ah ? Et tu ne le vois jamais ?

— Non. Tu sais, avec ce grand mur, il nous est impossible de nous apercevoir.

— Ah oui, en effet.

C'est dommage !

Mais tu sais qui c'est ?

— Oui. Il s'appelle Paul Dupont.

— Ah ? Mais je le connais ! Je travaille chez lui. C'est un monsieur adorable.

— Sûrement…

— Je suis sûr que vous vous entendriez bien.

— Je ne crois pas non.

— Ah bon ? Pourquoi tu dis ça ?

— Parce que je l'ai connu il y a très longtemps. Mais c'est une histoire ancienne et je n'ai pas envie d'en parler.

Manou changea alors rapidement de conversation.

— Tu as vu comme mes roses sont belles ?

Cynthia avait bien compris qu'elle ne fallait pas qu'elle en demande davantage. Elle lui répondit donc sans enthousiasme, déçue de ne pas en apprendre plus :

— Magnifiques.

— Va les sentir ! Leur parfum est incroyable !

— Oui, c'est vrai.

Elles restèrent encore un peu dans le jardin. Manou appréciait ces moments durant lesquels elle pouvait prendre l'air, même si elle regrettait amèrement son manque d'autonomie, l'époque où elle pouvait encore se promener seule. À présent, il lui fallait systématiquement quelqu'un pour l'accompagner, même dans son propre jardin, car elle ne pouvait descendre ces fameuses trois marches qui séparaient l'entrée de la cour extérieure.

— Si on y avait pensé quand on était jeunes, on n'aurait jamais construit la maison avec des marches comme celles-là, se lamentait-elle souvent.

Il n'y avait pourtant que trois marches. C'était peu. Mais cela suffisait à la priver de liberté.

Le lendemain matin, Cynthia se rendit tôt chez Paul Dupont, comme à son habitude, pour effectuer son travail d'aide à domicile.

Elle l'aida à faire sa toilette. Puis, il s'installa à sa table de cuisine pour prendre son petit déjeuner.

Le nez dans son bol de cacao sur lequel était écrit son prénom, Paul, 93 ans, avait bien du mal à se réveiller ce matin-là.

Il avait bu du café toute sa vie, mais arrivé à un âge avancé, à cause de ses problèmes de cœur, les médecins lui avaient fortement déconseillé d'en boire. Il était donc revenu au chocolat en poudre de son enfance.

Il regardait, en buvant sa boisson chaude, l'aide à domicile qui s'activait de façon énergique. Il était si lent, il se sentait si mou. Elle était si vive, si rapide.

Le chocolat Poulain délayé dans du lait, le même qu'il buvait lorsqu'il avait dix ans, était toujours aussi bon. Mais il avait tellement eu l'habitude de prendre son petit déjeuner à toute vitesse durant tant d'années qu'il l'avala trop rapidement sans même s'en rendre compte.

Il aurait pourtant eu le temps de rester attablé durant

une heure ou deux.

Peut-être qu'il veut se procurer un peu d'adrénaline ? se disait Cynthia. Comme pour se donner l'illusion qu'il est pressé ou qu'il va bientôt partir travailler ?

De son côté, Paul regardait Cynthia avec tendresse.

Il savait qu'un secret les liait, mais il n'avait pas le droit d'en parler. Il l'avait promis.

Il se souvenait du jour où elle était apparue à sa porte… comme d'une bénédiction. Elle avait été désignée pour travailler chez lui.

Comment cela était-il possible que ce soit elle et pas une autre qui vienne travailler dans sa maison ? Paul voyait là le clin d'œil d'un destin qui jusqu'à présent, avait était bien sévère avec lui.

Cynthia était son rayon de soleil du matin. Avec sa bonne humeur, elle l'encourageait à bien démarrer sa journée. Paul n'avait jamais eu ni enfants ni petits-enfants, il imaginait donc que l'affection qu'il lui portait était comme celle d'un grand-père pour sa petite-fille.

Elle lavait, puis essuyait la vaisselle de la veille à toute vitesse, tout en bavardant. Il y en avait très peu pour un homme seul. Paul savait que d'ici quelques minutes, elle serait partie et que la maison lui semblerait à nouveau désespérément vide. Il allumerait alors la télévision ou la radio pour se donner l'illusion d'avoir de la compagnie. Les présentateurs des émissions qu'il regardait tous les jours étaient devenus ses nouveaux amis. Les règles de « Slam » et de « Questions pour un champion » n'avaient plus de secrets pour lui.

Cynthia, quant à elle, était fatiguée. On était mercredi et les deux jours précédents avaient été difficiles. Elle avait eu beaucoup d'heures sur son planning, commençant à huit heures du matin et finissant vers vingt heures. Une courte pause déjeuner ne lui avait guère permis de reprendre des forces. Et même si elle avait fini tard la veille au soir, elle s'activait de nouveau à la besogne, tôt ce matin-là, si bien qu'il lui semblait avoir à peine quitté son travail. Tandis que les personnes chez qui elle passait à toute vitesse, tel un tourbillon, trouvaient, au contraire, leurs journées désespérément longues.

Lorsqu'elle quitta Paul en lui serrant la main, ce dernier lui dit d'une voix lasse :

— Bon, bah, maintenant, je n'ai plus qu'à attendre que ça passe…

— On se voit cet après-midi de toute façon ! Je viens faire le ménage chez vous.

— Oui d'accord. À cet après-midi alors.

Chaque jour, Paul attendait que le temps s'écoule. Il regardait trop souvent la pendule de son salon, non parce qu'il avait un rendez-vous important ou parce qu'il était pressé, mais pour voir les heures défiler les unes après les autres, espérant que par un miracle peu probable, leur progression puisse s'accélérer.

Cynthia marcha rapidement jusqu'à sa voiture. Elle

parcourut ensuite une quinzaine de kilomètres pour se rendre dans une maison perdue au milieu des champs. Elle y resta trois-quarts d'heure pour aider la personne âgée à faire sa toilette, lui faire son lit, un peu de ménage et lui préparer son petit déjeuner. Puis la course contre la montre étant engagée, elle sillonna encore une fois la campagne environnante sur une quinzaine d'autres kilomètres pour parvenir jusqu'à chez une nouvelle personne. Ces trajets l'épuisaient en plus de son travail habituel, surtout l'hiver, car les routes sinueuses au milieu des bois et des prairies devenaient dangereuses. Ils avaient tendance aussi à la mettre en retard même si, bien entendu, elle ne tirait aucun bénéfice pécuniaire de ce surplus de travail. Cynthia avait l'impression que de se dépêcher sans cesse lui dévorait toute son énergie. Malgré tout, elle continuait de travailler courageusement. Elle n'avait pas le choix. Il lui fallait bien gagner sa vie. Et puis, heureusement, certaines fois, les liens qui la rattachaient aux personnes chez qui elle travaillait, étaient très amicaux. Cela l'aidait réellement à tenir le coup et à apprécier ce qu'elle faisait.

Ils ont besoin de moi ! était la phrase qu'elle se répétait souvent, comme pour se donner du cœur à l'ouvrage.

Cynthia retourna donc, comme prévu, travailler chez Paul Dupont cet après-midi-là.

Elle arriva à toute vitesse. Le vieil homme lui ouvrit.

Tout à coup, le silence, le calme.

Chez ce dernier, la vie s'était ralentie. Le rythme demeurait endormi. La décoration s'était arrêtée au milieu des années quatre-vingt. Aucune évolution n'avait été apportée depuis. Le papier peint jauni était resté le même, les anciens bibelots, démodés, avaient gardé leurs places.

— Bonjour Monsieur Dupont !

— Ou plutôt « rebonjour » ! lui répondit-il, en souriant.

— Oui, c'est vrai !

Rebonjour !

Comment allez-vous ? lui demanda-t-elle gaiement.

— Ça va.

Paul aurait préféré qu'elle ne l'appelle pas « Monsieur Dupont ». Il aurait voulu lui proposer de l'appeler autrement, mais il n'en avait pas le droit.

Cynthia commença par épousseter les meubles. Elle prit délicatement un des cadres qui se trouvait sur l'immense commode, l'essuya avec la suédine, puis le reposa, non sans oublier de regarder une nouvelle fois, en souriant, le beau visage de la jeune femme prise en photo.

Le cliché datait d'une autre époque, d'un autre temps, celui où les photos n'existaient qu'en noir et blanc.

De magnifiques cheveux bouclés encadraient un visage d'une grande beauté. Cynthia avait l'impression de se trouver face à Ava Gardner.

Tiens ! Elle ressemble à Manou ! pensa la jeune femme.

Paul se reposait tout près d'elle, sur sa chaise longue. À l'entendre ronfler, Cynthia se doutait qu'il devait dormir profondément. Elle le regarda en souriant. Mais sa question resta en suspens. Il dormait.

Paul avait l'habitude de faire une sieste chaque début d'après-midi. Il s'était donc voluptueusement laissé emporter par le sommeil, mis en confiance par la présence sécurisante de Cynthia, tel un enfant qui se sentirait rassuré auprès de sa mère.

Elle se répondit alors à elle-même :

Non, ça m'étonnerait ! Cette femme ressemble tout simplement à toutes les autres jeunes femmes de son époque.

Le regard de Cynthia se détacha de la photo et s'arrêta quelques instants sur le poste de télévision. Amandine Faway était interviewée.

C'est vraiment mon actrice préférée ! pensa-t-elle. Elle est encore plus belle qu'Ava Gardner !

La semaine suivante, alors qu'elle époussetait une nouvelle fois la longue commode, ses bibelots et ses photos encadrées, elle demanda à Paul, qui cette fois-ci ne s'était pas assoupi devant la télévision :

— C'est votre femme ?

Celui-ci lui avait répondu de façon évasive :

— Oui...

Quelques semaines plus tard, ne se rappelant plus

qu'elle lui avait déjà posé la question, elle lui avait demandé :

— C'est votre mère ?

Celui-ci lui avait de nouveau répondu par l'affirmative, si bien qu'elle ne savait pas vraiment qui était cette « Ava Gardner » française.

C'est sa femme ou sa mère ? se demanda Cynthia. Ou c'est peut-être même quelqu'un d'autre ?

Cela n'avait pas grande importance, mais elle se demandait vraiment pourquoi Paul ne voulait pas lui dire la vérité.

Ce dernier l'avait laissée à ses interrogations, fermant les yeux, allongé sur sa chaise longue pendant qu'elle finissait d'épousseter. Les pensées du vieil homme étaient déjà parties vers de lointains souvenirs. Son visage se détendit en se remémorant la femme prise en photo.

À l'époque, elle était si gaie. Ils avaient tellement ri ensemble. Toute leur enfance n'avait été peuplée que de complicité et de rires. Une vie en guimauve et en chocolat.

Puis, tout avait changé…

Un mur avait été érigé entre eux. Une barrière qu'ils n'avaient plus jamais franchie.

Une semaine plus tard, alors que Cynthia époussetait encore une fois les meubles de Monsieur Dupont, elle remarqua qu'une nouvelle photo avait été déposée à côté des autres cadres. Cette dernière représentait deux enfants, assis l'un à côté de l'autre, sur un petit banc de pierre et riant aux éclats.

Qu'ils sont beaux ! pensa-t-elle.

Le cliché devait dater d'avant la Seconde Guerre Mondiale. Les habits étaient d'une autre époque : culottes courtes pour le garçon, jupe et corsage pour la fillette.

— C'est la joie de vivre à l'état pur, cette photo ! osa-t-elle s'exclamer devant Paul.

Celui-ci lui répondit en soupirant :

— Oui, c'est vrai !

C'était le bon temps…

J'étais bien jeune à l'époque…

— Vous aviez quel âge ?

— Là ? Faites-moi voir !

Paul semblait revivre rien qu'à l'idée d'évoquer d'heureux souvenirs. Ses yeux pétillaient et un sourire s'esquissa sur ses lèvres.

— Je devais avoir cinq ou six ans.

Je courais et je sautais partout à ce moment-là !

Vous m'auriez vu ! Un vrai cabri !

Cynthia regarda à nouveau la photo en souriant. Derrière les enfants, l'on pouvait voir un muret, puis au-delà, un jardin joliment fleuri. Même si la photo était en noir et blanc, l'on pouvait deviner la couleur éclatante des œillets d'Inde et la fraîcheur des roses anciennes.

Bizarre ! Cela me dit quelque chose, ce jardin… On dirait… Non, cela ne doit pas être ça…

De toute façon, tous les jardins se ressemblent plus ou moins… surtout sur une photo en noir et blanc.

Les semaines passèrent. L'hiver s'installa. De plus en plus de personnes âgées devaient être hospitalisées, affaiblies par les virus et le manque de soleil. Cynthia recevait alors de nombreux appels pour des désistements.

Cependant, cet après-midi de décembre, ce n'est pas elle qui reçut ce coup de téléphone, mais Manou. Cette dernière décrocha.

— Madame Dupont ?

On ne l'avait pas appelée ainsi depuis des années.

— Oui, répondit-elle, la voix hésitante.

— Je suis le médecin du service de Médecine B de l'Hôpital Trousseau. Je vous appelle, car nous avons comme patient monsieur Paul Dupont qui vous a mis sur la liste des personnes à prévenir, en cas d'urgence.

— Ah ?

— Monsieur Dupont a fait une mauvaise chute. Il s'est cogné la tête et heureusement, il est revenu à lui, mais il vous a demandé. Nous voulions donc vous prévenir si vous vouliez venir le voir.

— D'accord, répondit-elle, d'une voix faible.

Manou raccrocha et s'assit.

S'inquiétant outre mesure et soudainement éprise par une angoisse grandissante, Manou déformait à présent les propos du médecin. Elle ne savait plus vraiment ce qu'il venait de lui dire. C'est pourquoi, elle se dit tout bas :

— Ça y est…

Elle avait l'impression de se trouver dans un état second, comme si elle venait de recevoir un coup de marteau sur la tête.

— Pourvu que Paul aille bien… Pourvu que je n'arrive pas trop tard…

Cynthia allait arriver d'un moment à l'autre.

Lorsque cette dernière toqua à la porte, Manou avait déjà revêtu son manteau et mis ses chaussures.

— Bonjour Manou ! J'ai amené une bonne tablette de chocolat pour notre partie de scrabble ! lança la jeune femme, avec sa bonne humeur habituelle.

— Ce ne sera pas pour aujourd'hui, lui répondit la vieille dame, d'une voix triste.

— Qu'est-ce qu'il y a ? Tu es toute pâle ? lui demanda Cynthia, soudainement inquiète.

Manou lui répondit :

— J'ai besoin que tu m'accompagnes quelque part. C'est très important ! Mais s'il te plaît, ne me pose pas de questions !

— D'accord, dit Cynthia, surprise. Où veux-tu que je t'emmène ?

— À l'hôpital.

— Tu as un rendez-vous ?

— Non, c'est pour voir une personne souffrante.

— Bon, allons-y ! conclut Cynthia d'une voix calme, en rouvrant la porte d'entrée qu'elle venait de fermer derrière elle.

Cynthia aurait préféré savoir pourquoi elles allaient à l'hôpital et surtout qui elles allaient voir, mais Manou ne voulut rien lui dire. Dans son for intérieur, la vieille femme pensait :

De toute façon, elle le saura bien assez vite… Elle le verra lorsque nous serons là-bas.

Lorsque Manou ouvrit la porte d'une des chambres du service de Médecine B, elle s'élança aussi vite que son vieux corps le lui permettait, vers la personne alitée. Elle s'exclama :

— Paul !

— Manou… lui répondit ce dernier, d'une voix faible.

— Pardon ! Pardon ! Oh ! S'il te plaît ! Pardonne-moi ! lui dit-elle, la voix remplie de sanglots.

— Je n'ai rien à te pardonner… C'est moi qui te demande pardon… J'ai laissé ma haine contre ton mari m'aveugler… Je n'aurais jamais dû couper les ponts avec toi, lui répondit-il, en reprenant son souffle entre chaque phrase.

— On n'aurait jamais dû le laisser monter ce mur entre nous.

— Tu étais ma sœur ! Ma petite sœur !

Effectivement, il y a bien longtemps, lors d'un repas un peu trop arrosé, Paul s'était disputé avec le mari de Manou. Les paroles avaient dépassé les pensées et si les autres membres de la famille ne les avaient pas empêchés, les deux hommes auraient fini par se battre.

Quelques jours plus tard, le cœur rempli de rancune, le mari de Manou avait alors décidé de remplacer le muret qui séparait leurs jardins en un immense mur, afin qu'ils ne se voient plus. Et pourtant, auparavant, cela avait été une grande propriété appartenant aux parents de Paul et de Manou.

Au départ, cette dernière avait essayé de les ramener à la raison, mais les deux hommes avaient préféré suivre la voix de leur orgueil.

Par dépit, Paul avait alors décidé de ne plus parler à sa sœur, croyant qu'elle partageait finalement l'avis de son mari.

Il resta en colère pendant des années.

C'est seulement lorsque sa femme mourut et qu'il se retrouva seul, que Paul se décida à aller voir Manou.

Mais c'était trop tard. Pour elle, son frère était mort depuis bien longtemps déjà.

C'était à son tour de refuser de lui parler. Elle avait trop souffert de son rejet. Manou lui ordonna alors de ne pas révéler son identité à Cynthia.

Pourtant, ce jour-là, l'appel de l'hôpital lui avait fait l'effet d'un électrochoc.

Et s'il était trop tard ? avait-elle pensé tout le long du trajet en voiture. Tant d'années gâchées…

Puis Manou observa Paul. Il avait une mine fatiguée certes, mais ne semblait pas mourant.

Intriguée, elle lui dit alors :

— Pourquoi m'as-tu dit que tu allais mourir ?

— Je voulais tellement te revoir qu'il fallait bien

que j'invente quelque chose.

— On ne plaisante pas avec ces choses-là Paul ! Tu m'as vraiment fait peur ! le réprimanda-elle gentimment.

— Je n'ai pas voulu plaisanter. Mais tu sais, j'ai quand même quatre-vingt-treize ans ! Il ne faut pas rêver ! Je n'en ai pas pour longtemps.

De son côté, Cynthia n'en revenait pas. L'homme qui se trouvait devant elle, sur ce lit d'hôpital, celui chez qui elle allait toutes les semaines pour faire le ménage et pour faire sa toilette était en réalité… son grand-oncle.

Comment cela est-il possible ? se demanda-t-elle, perturbée et au bord des larmes.

Monsieur Dupont est mon grand-oncle… Le frère de ma grand-mère.

Cynthia s'assit, sans y réfléchir, sur une chaise qui se présentait à elle et murmura :

— Pourquoi vous ne m'avez rien dit ?

Mamie, pourquoi, vous ne m'avez rien dit ?

Cela ne lui était pas arrivé depuis longtemps d'appeler sa grand-mère « Mamie ». Elle l'avait pratiquement toujours nommée « Manou », mais aujourd'hui l'instant était trop grave. L'appellatif était sorti tout seul.

Elle ne savait pas s'ils l'avaient entendue. Elle les regardait pleurant dans les bras l'un de l'autre et se remémora la photo des deux enfants assis sur un banc, riant aux éclats.

Ces deux vieillards avaient été la joie de vivre à l'état pur… Il y a presque quatre-vingt-dix ans de cela.

122

Vous les avez déjà croisés ?
Les revoici.

Colocation

Marina tourna délicatement la grande cuillère en bois dans la casserole afin que le chocolat coupé en morceaux puisse fondre tranquillement.

— Il va mettre un temps fou à fondre ce chocolat ! s'exclama Angéline, sa colocataire, qui venait d'arriver dans la cuisine et qui se penchait à présent au-dessus de la casserole pour voir ce qu'elle contenait. Comment fais-tu pour être aussi patiente ?

— C'est tout l'art de la pâtisserie. Il faut prendre son temps, ne pas être trop pressé.

— Ah ça, c'est sûr ! C'est vraiment ton truc ! lui répondit Angéline, admirative. Je n'arriverais jamais à rester trois heures comme toi, devant les fourneaux…

— Ça ne me dérange pas du tout ! J'adore ça !

— Qu'est-ce que tu nous prépares de bon ?

— Un brownie !

— Miam !

Telle une tornade, Angéline disparut de la cuisine aussi vite qu'elle était arrivée. Puis, elle s'enferma dans sa chambre pour téléphoner.

Ce fut au tour d'Ewen, l'autre colocataire, d'arriver dans la cuisine. L'allure était plutôt calme, le pas nonchalant. Par cette attitude, l'étudiant en médecine montrait qu'il n'était pas opposé à s'attarder quelques instants.

— Je peux t'aider ? lui proposa-t-il.

— Oui, pourquoi pas ? lui répondit-elle gaiement.

De temps en temps, Ewen l'aidait à cuisiner. Ils appréciaient l'un et l'autre ces moments de complicité, qui n'étaient possible que lorsque leurs deux autres colocataires étaient occupés ou à l'extérieur.

Ewen aimait l'air sérieux que prenait Marina dans ces moments-là, elle fronçait les sourcils et se mordait la lèvre inférieure lorsque la tâche était délicate.

Il la regardait alors discrètement, chose que ne remarquait jamais Marina, tellement concentrée sur son travail.

Le jeune étudiant admirait également l'habileté avec laquelle elle maniait les instruments et les aliments. Tout devenait magique entre ses mains. D'une simple tomate, elle arrivait à faire une fleur magnifique ; à partir de banals corn flakes et de quelques carrés de chocolat, elle arrivait à confectionner de délicieuses Roses des sables.

— Une vraie magicienne ! disait-il enthousiaste lorsqu'elle arrivait dans le salon, qui faisait aussi office de salle à manger, avec une nouvelle recette entre les mains.

Vincent et Angéline approuvaient alors en hochant la tête et en ouvrant de grands yeux, tels des enfants devant un cadeau merveilleux.

— Arrêtez ! Vous allez me faire rougir !

Et c'est ce qu'il se passait la plupart du temps. Marina était gênée de recevoir de tels compliments, surtout de la part d'Ewen, même si elle en appréciait la gentillesse et la délicate intention.

Elle aimait cuisiner et voulait tout simplement leur faire plaisir. Elle estimait que cela ne relevait pas du génie et que les efforts demandés étaient dérisoires.

Ses trois autres colocataires vivaient cela comme un enchantement des papilles.

— C'est un peu comme aller au resto tous les jours ! s'enthousiasmait Angéline.

— Tu as raison ! Je n'ai jamais aussi bien mangé de toute ma vie ! renchérissait Ewen.

— Tu exagères ! Si ta mère t'entendait, elle ne serait sûrement pas contente, disait alors Marina, humblement.

— Ma mère cuisine bien. Oui, c'est vrai ! répondait alors Ewen. Mais toi, tu es un vrai chef ! s'exclamait-il alors, pour lui faire plaisir.

Et puis, ses études de médecine la stressaient tellement que le fait de cuisiner la détendait. Elle essayait de trouver des recettes qui ne lui prenaient pas trop de temps, passant ainsi un moment agréable sans que cela soit au détriment de ses études. Marina avait toujours adoré cette activité et aurait effectivement pu être patissière ou chef cuisinier. Idée que ne pouvait tolérer son père, car dans sa famille on était médecin de père en fils. N'ayant aucun héritier mâle, c'était à sa fille de continuer la tradition. Tant qu'il finançait ses études, elle ferait ce qu'il avait décidé pour elle. D'un tempérament plutôt docile, Marina avait accepté de s'engager dans cette voie.

Depuis toute petite, on lui avait tellement dit qu'elle serait médecin comme son père qu'elle ne se voyait pas faire autre chose.

Cela ne me déplaît pas, après tout… Je pourrai toujours cuisiner pour mon plaisir, comme le font beaucoup de gens ? s'était-elle dit.

La cuisine de cet appartement parisien était donc devenue le repaire de Marina.

La chambre qu'elle louait était d'ailleurs tellement minuscule qu'elle préférait y rester le moins possible. Le propriétaire l'avait pourtant prévenu, lorsqu'elle lui avait téléphoné :

— La chambre fait cinq mètres carrés.

De toute façon, je n'ai pas le choix… avait-elle pensé.

— Ce n'est pas grave. Je la loue quand même.

Marina s'était prise en retard pour chercher un hébergement. Elle ne se doutait pas que cela allait être si difficile de se loger sur Paris, si bien qu'elle n'avait pu faire autrement et avait accepté rapidement. Enfin soulagée d'avoir trouvé un endroit où dormir, elle pouvait appréhender la future année universitaire de façon sereine.

Ses parents l'avaient effectivement laissée faire son choix, seule. Ils estimaient que pour qu'elle mûrisse et qu'elle gagne en autonomie, il était préférable qu'ils n'interviennent pas. Pour les rassurer et pour qu'ils soient fiers d'elle, Marina leur avait alors dit qu'elle avait trouvé un « bel appartement ». Ce qui en réalité, était vrai, puisque l'appartement en lui-même était magnifique avec ses parquets en point de Hongrie, ses cheminées en marbre et ses moulures aux plafonds.

Marina avait toujours rêvé de vivre dans un logement typiquement parisien. Elle savait bien que l'occasion ne se représenterait plus jamais. Vivre dans un magnifique appartement haussmannien de cent quarante mètres carrés, en plein cœur de Paris, n'était pas à la portée de tous les budgets. À moins qu'elle ne devienne un jour un riche médecin, il ne lui serait sans doute pas possible d'acquérir un tel bien.

Alors, de temps en temps, elle admirait pendant quelques instants le lieu dans lequel elle habitait et se disait qu'elle avait beaucoup de chance.

Ses trois colocataires étaient adorables. Ils avaient établi ensemble des règles simples concernant les dépenses ainsi que pour le partage des tâches ménagères, ce qui avait facilité dès le début la bonne entente du groupe.

Marina avait pourtant tendance à ne pas se fier tout de suite aux personnes qu'elle rencontrait. Il lui fallait un peu de temps pour se lier aux autres. Mais la proximité du quotidien avait fait qu'elle avait rapidement fait confiance à ses trois colocataires, surtout à Ewen et à Angéline, avec lesquels elle avait davantage d'affinités.

Très souvent, lorsqu'elles étaient trop fatiguées pour étudier, Marina et Angéline passaient des soirées entières à discuter, l'une, les jambes croisées sur le minuscule canapé du salon, qui ne contenait que deux places, l'autre assise sur une chaise ou par terre, en tailleur, en fonction de l'humeur et de la fatigue. Très souvent, les éclats de rire fusaient, à la grande surprise de leurs colocataires masculins qui, par curiosité, venaient voir pour quelles raisons elles riaient tant. Quelquefois, ils venaient participer eux aussi. D'autres fois, ils préféraient continuer leurs propres occupations.

L'entente entre les deux étudiantes était véritablement bienveillante et chaleureuse.

Si l'on avait dit à Marina qu'en venant à Paris, elle allait trouver une sœur, elle ne l'aurait jamais cru.

Marina savait qu'Angéline avait « rencontré » quelqu'un dans le salon de thé où elle allait tous les matins, pour se réveiller tranquillement avant de commencer sa journée de cours. Elle essayait alors d'encourager sa colocataire à faire connaissance avec ce dernier, sachant pertinemment qu'Angéline serait beaucoup plus heureuse si elle avait un petit ami.

Ce matin-là, Angéline, comme à son habitude, quitta l'appartement haussmannien bien avant tout le monde. Le jeune peintre dont elle rêvait de faire connaissance était assis, comme tous les jours, devant l'immense fenêtre, afin de capter le maximum de lumière.

Alors qu'Angéline était assise devant sa tasse de café depuis une petite dizaine de minutes, elle reçut un appel de Marina qui avait décidé, ce jour-là, de lui donner un petit coup de pouce :

— Alors ? Avec le beau peintre ? C'est une affaire qui roule ?

— Arrête ! Tu sais bien que je ne le connais pas… lui répondit Angéline, à voix basse.

— Invite-le à boire un café !

— Ça ne va pas, non ? Il va me prendre pour une folle.

— Invite-le à boire un thé, alors ?

— Non, pas question !

— Un chocolat ?

— Non, non, non ! Bon, Marina, je vais te laisser. Je suis en train de me faire repérer… Bisous. On se voit ce soir à l'appart.

Angéline, paniquée, raccrocha avant que sa colocataire n'ait eu le temps de lui répondre. Elle était terriblement gênée et espérait que le jeune homme n'avait pas compris les paroles de leur conversation.

Elle regarda dans la direction de celui-ci. Il souriait, tout en baissant la tête et en faisant semblant de peaufiner un dessin. Antoine avait tout entendu…

Les semaines passèrent, Noël approchait à grands pas.

Un après-midi, tandis que Marina préparait des crêpes dans la cuisine, elle entendit Ewen arriver.

— Hum ! Comme ça sent bon ! Qu'est-ce que tu nous prépares aujourd'hui, lui demanda-t-il en passant la tête par l'entrebâillement de la porte.

— Des crêpes !

— Il me semblait bien reconnaître cette bonne odeur ! Génial ! On va se régaler !

Marina tourna la tête vers lui, en souriant, mais faillit s'étrangler… en voyant la belle jeune femme qui l'accompagnait. Elle était tout son opposé : grande blonde, mince, aux yeux verts.

— Je te présente Olga.

— Bonjour, dit Marina froidement, en essayant de ne pas pleurer.

Avant cet instant précis, elle ne s'était jamais vraiment rendu compte à quel point ses sentiments étaient forts vis-à-vis d'Ewen. Elle l'aimait énormément, cela était certain, mais c'est à ce moment-là qu'elle sentit réellement son cœur se serrer.

— Bonjour, répondit Olga, un léger air victorieux se peignant sur son visage.

— On doit faire un exposé ensemble, ajouta Ewen. On s'installe dans ma chambre. À mon avis, on en aura pour tout l'après-midi. À plus tard, OK ?

— OK… répondit-elle, esquissant un faible sourire.

Il s'éloigna, puis passant une nouvelle fois la tête par la porte, lui demanda avec sa bonne humeur habituelle :

— S'il te plaît, tu me mets une crêpe au chocolat de côté ?

— Oui, oui, ne t'inquiète pas. Je t'en garde une, Monsieur le gourmand ! lui répondit-elle pour le taquiner.

Ewen la rendait toujours joyeuse. Pourtant, dès qu'il quitta la pièce, pour s'enfermer dans sa chambre avec Olga, elle commença à s'inquiéter.

Au début, Marina n'entendit aucun bruit.

Ils sont sûrement en train de travailler, pensa-t-elle, à demi rassurée.

Toutefois, une heure plus tard, il lui sembla percevoir des gémissements, des râles, qui laissaient penser que le travail avait été mis de côté. Elle ne put en entendre davantage et partit de l'appartement en pleurant. La cuisine qui, habituellement, revêtait l'image parfaite du refuge était devenue un endroit où elle ne supportait plus de se trouver.

— Comment peut-il faire ça chez nous ? Dans notre appartement ?

Mais Marina savait pertinemment qu'Ewen n'avait aucun compte à lui rendre. Ils n'étaient pas en couple. Ils étaient juste amis, juste des colocataires.

Ce jour-là, Ewen n'avait eu aucune intention en invitant Olga à travailler chez lui. Il avait réellement projeté de travailler sur leur exposé.

En réalité, c'était Olga qui était tombée sous son charme discret.

L'opportunité est trop belle ! avait-elle pensé.

Au départ, ils avaient travaillé, en effectuant des recherches sur internet. Puis, assis l'un à côté de l'autre devant l'ordinateur, Olga avait fait en sorte que leurs jambes se frôlent.

Au bout d'un moment, elle s'était assise sur ses

genoux et l'avait embrassé.

Ewen n'avait pas su résister.

Il était pourtant profondément attaché à Marina depuis leur rencontre, le jour où elle lui avait ouvert la porte de l'appartement, tellement souriante et accueillante.

Si charmante… pensait-il alors.

Puis, les mois avaient transformé l'amitié qu'il éprouvait pour Marina en véritable amour. Mais Ewen était persuadé que celle-ci le considérait uniquement comme un frère de substitution, avec lequel elle partageait le même appartement, les mêmes goûts et les mêmes amis.

Jamais il n'avait réussi à entreprendre quoi que ce soit envers elle, se disant qu'au cas où elle le rejetterait, il serait banni pour toujours de leur appartement. Comment oserait-il ensuite affronter le regard des autres et surtout celui d'Angéline et de Vincent ?

Avec Marina, c'est perdu d'avance… pensait-il alors, lorsqu'il se montrait pessimiste et selon lui objectif.

C'est ainsi que cet après-midi-là, lorsque Olga s'était jetée sur lui, il s'était dit :

Pourquoi pas ?... Pourquoi pas, après tout ? Elle est jolie, intelligente, séduisante…

Pourtant, Ewen et Olga n'étaient pas toujours ensemble. Celui-ci avait beau apprécier de se trouver en sa compagnie et avoir la fierté de se promener au bras d'une aussi jolie fille, il tenait également à son indépendance. Olga avait en effet l'allure magnifique, de celles que l'on repère au milieu d'une foule, avec ses cheveux blond clair, presque blancs, ses ravissants yeux verts, à la clarté si particulière et son mètre soixante-quinze, qui faisait qu'elle les dépassait déjà toutes, rien que par sa taille. Ces nombreux atouts qui avaient tant effrayé Marina, la première fois qu'elle l'avait vue.

Ewen semblait heureux.

Cependant, lorsqu'il y avait des soirées étudiantes, il continuait de vouloir sortir avec ses trois autres colocataires, comme ils en avaient pris l'habitude depuis qu'ils vivaient tous ensemble sous le même toit. C'est ainsi que tous les jeudis soirs, Marina, Angéline, Vincent et Ewen quittaient gaiement leur appartement, heureux et prêts à s'amuser toute la soirée.

Marina était partagée entre deux sentiments : malheureuse de savoir Ewen en couple avec Olga et heureuse de pouvoir être avec lui ce soir-là.

— Ewen est enfin sans son pot de colle ! lança-t-elle à Angéline, en lui criant dans l'oreille et en regardant ce dernier danser.

— Oui, c'est vrai qu'il est plus cool quand elle n'est pas là. Il parait plus détendu, lui répondit cette dernière, percevant chez sa colocataire un certain sentiment de jalousie vis-à-vis d'Olga.

Partagée par ces deux sentiments ambigus, Marina but un peu plus que d'habitude. Elle voulait s'amuser et danser. Et c'est ce qu'elle fit en compagnie de ses trois autres colocataires. Le jeudi soir était leur soupape de sécurité, celle qui les détendait après une semaine intense de travail intellectuel et de stress.

— Ça vaut bien une séance de sport ! criait Angéline dans l'oreille de Marina, tout en se déhanchant vivement sur le tube « We Are Family » des Sister Sledge.

— Ouais ! Tu as raison ! C'est beaucoup mieux que de faire des abdos dans une salle !

— Regarde-les, ces deux-là ! Ils s'éclatent ! lui répondit Angéline, attendrie, comme aurait pu l'être une grande sœur, en regardant Ewen et Vincent.

— On les rejoint ?

— Ouais !

Même s'il y avait beaucoup de monde dans ces soirées où la fête se déroulait souvent dans toute la maison, du sol au plafond, dans toutes les pièces, du rez-de-chaussée à l'étage, les colocataires avaient tendance à se retrouver tous les quatre ensemble au bout d'un moment. C'était comme s'il y avait enfoui au plus profond d'eux-mêmes un sentiment d'appartenance à une même famille, qui allait bien au-delà de toute autre amitié. C'est pour cette raison que certaines fois, Angéline et surtout Marina, avaient tendance à s'agacer lorsqu'une fille s'approchait d'un peu trop près d'Ewen. Elle lançait alors à Angéline :

— Mais qu'est-ce qu'elle fait celle-là ? Il est à nous !

Comme Angéline se doutait fortement que Marina en pinçait pour Ewen, elle lui répondait :

— Tu as raison ! Chasse gardée ! Viens ! On va le récupérer !

Angéline désirait tout simplement aider son amie qu'elle considérait comme une sœur.

Elles s'avançaient alors vers leurs colocataires masculins pour danser avec eux et montrer par la même occasion aux autres jeunes filles qu'elles n'avaient pas intérêt à s'approcher…

C'était un jeu qui les faisait rire, mais Angéline savait bien que pour Marina, c'était ce qui la protégeait de ne pas trop souffrir. Elle aurait mal supporté qu'Ewen puisse se laisser séduire par une autre. C'était déjà assez difficile pour elle de le savoir avec Olga.

Ce soir-là, Marina avait bu beaucoup plus que d'habitude…

Elle s'amusa encore et encore jusqu'au bout de la nuit et dansa jusqu'à en avoir mal aux pieds.

Lorsqu'elle se réveilla le lendemain matin, elle s'aperçut tout de suite qu'elle ne se trouvait pas dans sa chambre.

C'est le lit d'Ewen ! s'exclama-t-elle intérieurement.

Marina essaya d'ouvrir les yeux. C'était difficile et pénible. Elle sentit une forte douleur dans le crâne qui commençait à s'installer de plus en plus insidieusement.

Ouh ! Ma tête ! se dit-elle. Mince ! Qu'est-ce que je fais ici ?

Elle regarda à côté d'elle. Il n'y avait personne.

Où est Ewen ? se demanda-t-elle alors.

Elle se leva en titubant et passa devant sa chambre de cinq mètres carrés. Elle y entra machinalement et vit qu'Ewen se trouvait dans son lit à elle.

Qu'est-ce que c'est que ce bazar ? se demanda Marina. Je ne me souviens de rien. Je ne me souviens même pas comment je suis rentrée…

Ewen l'avait entendue ouvrir la porte. À peine réveillé, il lui demanda en s'asseyant, torse nu :

— Ah, c'est toi ?

Mon Dieu, il a le plus beau corps du monde ! pensa Marina, les idées encore embrumées. C'est sûrement grâce à ses séances de natation. Et il est sous ma couette en plus ! Je crois rêver !

Voyant qu'elle le regardait avec de grands yeux étonnés, il lui expliqua :

— Tu voulais absolument dormir dans mon lit. Puis, tu t'es endormie d'un seul coup. Je n'ai pas eu le courage de te porter jusqu'ici. Il était tard.

C'est parce que je suis trop grosse… Je suis trop lourde… C'est sûr ! Si ça avait été Olga, il l'aurait portée, elle, jusqu'à son lit ! pensa tristement Marina. C'est une princesse ! Moi, je suis juste une cuisinière, un marmiton…

La fatigue lui faisait avoir des pensées négatives.

— Comme je ne savais pas où dormir, continua Ewen, je me suis donc permis de dormir dans ta chambre. Ça ne te dérange pas ?

— Non, non, bien sûr… répondit Marina, honteuse. Je suis désolée. C'est de ma faute.

— Allez, c'est rien ! Va prendre une douche, ça va te réveiller !

— Oui, tu as raison. C'est ce que je vais faire, conclut Marina, en prenant des vêtements propres et en se dirigeant péniblement vers la salle de bain.

Lorsqu'elle en sortit, Angéline, Ewen et Vincent étaient tous les trois attablés, en train de prendre leurs petits déjeuners.

— Salut ! dit-elle, d'une voix épuisée, en arrivant dans la salle à manger.

— Salut ! répondirent-ils tous en chœur, avec une intonation tout aussi fatiguée.

Sans dire aucun mot, Marina se prépara un thé et posa sur la table les ingrédients nécessaires pour se préparer des tartines.

Puis, après s'être assise, elle leur dit :

— Pardon les gars… J'ai trop honte…

— Allez ! C'est rien… lui répondit Ewen. Tu avais trop bu.

— Oui, ce n'est pas grave. Ça nous arrive à tous, assura Vincent.

— L'essentiel, c'est que tu n'aies pas fait de bêtises, voulut la rassurer Angéline. Et puis, on était là quand même. On te surveillait !

— Comme une gosse… dit Marina à voix basse. Je ne recommencerai plus, promis !

— Ça peut arriver. Par contre, tu n'arrêtais pas de vouloir m'embrasser, la taquina Ewen.

— Oh non ! soupira Marina, qui se doutait que cela devait refléter la réalité, malgré l'air taquin d'Ewen.

— C'est vrai ? osa-t-elle demander.

— Eh oui ! lui répondit-il. Tu n'arrêtais pas d'être pendue à mon cou !

Marina se tourna vers Angéline qui lui répondit par l'affirmative, en faisant un signe de la tête.

La jeune femme cacha alors son visage dans ses mains. Elle n'avait jamais eu aussi honte. Ewen était avec Olga. Qu'allait dire cette dernière lorsqu'elle l'apprendrait ?

— Par contre, je compte sur vous les gars… leur dit Ewen. On ne dit rien à Olga, OK ?

— OK, répondirent les trois autres, ravis d'être complices.

— Motus et bouche cousue ! affirma Vincent.

— Je suis une tombe. Promis, je ne dirai rien ! ajouta Angéline.

— Sinon, elle risque de me faire une crise de jalousie dont je me souviendrai toute ma vie ! conclut Ewen.

Et moi, elle risque de me trucider… pensa Marina.

Vincent mit ensuite fin à la conversation en disant :

— Bon, ce n'est pas que je m'ennuie les amis, mais j'ai cours maintenant ! On se voit ce soir, OK ?

— OK !

— Salut !

— À ce soir !

Angéline qui avait déjà pris sa douche et avalé un café, partit ensuite, puis ce fut au tour d'Ewen. Marina finit de prendre son petit déjeuner et quitta la dernière l'appartement. Elle croisa en bas de l'immeuble l'actrice Amandine Faway qui habitait dans le quartier et pensa :

— Si j'étais aussi belle et célèbre, je serais sûrement plus heureuse en amour…

Si elle avait su…

Le week-end qui suivit, Marina ne croisa que très peu Ewen qui passa les deux jours en compagnie d'Olga. Elle en profita pour étudier afin de penser à autre chose qu'à lui et à ce qui était arrivé. Elle s'octroya aussi quelques pauses, en cuisinant des gourmandises chocolatées afin d'y puiser un peu de réconfort. Vincent était rentré chez lui pour le week-end. Il ne restait donc plus qu'Angéline et Marina dans le vaste appartement haussmannien.

— Comme c'est vide sans les garçons ! lança Marina.

— Surtout sans Ewen, non ? lui répondit Angéline

— Ouais… lui répondit-elle, en soupirant.

— Ne t'inquiète pas ! J'ai l'intuition qu'il ne va pas rester longtemps avec Olga. Je n'ai pas l'impression que cela marche si bien que ça entre eux. Vous iriez beaucoup mieux ensemble !

Marina ne savait pas si son amie lui disait cela pour lui faire plaisir ou si c'était parce qu'elle le pensait vraiment. Elle décida de prendre en compte la deuxième option et sourit en pensant qu'elle pourrait être, un jour, en couple avec Ewen.

Ce dernier rentra le lundi matin pour prendre quelques affaires avant de partir en cours. Marina fit en sorte de l'éviter. Elle continuait d'avoir honte de son comportement. Le lundi soir, à table, elle n'osa pas croiser son regard. Après le repas, elle se trouva malgré tout nez à nez avec lui, dans le long couloir.

Ewen lui dit alors en lui donnant un léger coup d'épaule amical :

— Dis ? Tu arrêtes de faire la tête ?

— Je ne fais pas la tête… répondit Marina en regardant par terre.

— Si, tu fais la tête ! Depuis ce qui s'est passé jeudi soir, tu n'oses même plus me regarder. Ce n'est pas grave, tu sais ! Je ne t'en veux pas !

Allez ! Viens là mon petit bouchon, lui dit-il alors, en la prenant amicalement dans ses bras. Marina se laissa blottir contre lui, en souriant.

— Bon, OK, j'arrête ! lui dit-elle.

Depuis qu'Ewen était avec Olga, chose surprenante, il était plus affectueux avec Marina. Sûrement parce qu'il était moins gêné ?

Auparavant, lorsqu'il était amoureux d'elle, il n'aurait jamais osé l'enlacer. À présent, il l'aimait toujours, mais d'une façon différente. Puisqu'il était en couple avec Olga, il pensait que Marina prendrait son affection pour un geste amical. C'était plus facile pour lui. Il arrivait à exprimer son affection plus librement, sans la peur de recevoir une gifle de la part de sa colocataire.

Et effectivement, Marina pensait que cet enlacement ne signifiait rien d'autre que de l'amitié.

— Ah ! Je préfère ça ! répondit-il allégrement. Allez ! Viens ! On va dans la cuisine ! Tu me fais goûter les petits trucs en chocolat que j'ai vus dans le frigo ? lui demanda-t-il, en gardant son bras au-dessus des épaules de Marina.

— Tu les avais remarqués ?

— Tu rigoles ! Depuis que je suis rentré, tes petites gourmandises me font de l'œil ! Je crois même qu'elles veulent que je craque !

Marina se demanda un instant si ce n'était pas un sous-entendu, puis ravisa son jugement en pensant à ce long week-end passé sans Ewen parce qu'il était en compagnie de sa petite amie suédoise.

— Tu es un incorrigible gourmand ! le taquina-t-elle.

— Au moins, avec moi, il n'y a pas de gaspillage !

Et ils se dirigèrent vers la cuisine en riant. La gêne entre les deux amis avait disparu.

Angéline qui étudiait dans sa chambre, avait tout entendu et pensa avec satisfaction :

Ils s'entendent tellement bien ces deux-là ! Ils ne pouvaient pas rester longtemps fâchés !

L'histoire entre Ewen et Olga ne dura finalement que deux mois… 61 jours, qui parurent si longs à Marina.

L'après-midi où Ewen était rentré de l'université, la mine défaite, leur expliquant sa rupture, Marina n'avait pu s'empêcher de s'exclamer :

— Champagne !

Ses trois colocataires l'avaient regardée l'air si surpris qu'elle s'était ravisée, en bafouillant :

— Enfin ! Je voulais dire : ce soir, je vous cuisine des Tagliatelles royales aux deux saumons et au champagne ! OK ? Ça vous dit ?

— Super ! répondirent les trois autres.

Ouf ! Je suis sauvée… pensa-t-elle. Heureusement que je viens de voir la recette. Bon, par contre, il faut maintenant que j'aille me dépanner à la supérette.

En effet, elle venait de tomber sur la recette dans un magazine culinaire, dix minutes auparavant, et s'était dit que cela serait une bonne idée. Et comme, le budget alimentaire des étudiants était assez restreint, Marina avait pensé prendre un pétillant bon marché à la place du champagne et ne mettre que quelques fines tranches de saumon fumé pour le goût.

Elle était devenue une experte du système D en cuisine et une chef de l'accommodation des restes, tout en réussissant à mitonner de bons petits plats.

— Je vous laisse, j'ai quelques courses à faire ! leur dit-elle alors en s'enfuyant, le cœur rempli de joie à l'idée qu'Ewen était de nouveau libre. Salut ! On se voit tout à l'heure !

— Salut !

— Salut !

— Salut !

Elle passa rapidement par la cuisine pour prendre quelques pièces dans la cagnotte dévolue aux imprévus ou aux petites dépenses quotidiennes.

— C'est moi qui prends le pain ! OK ? leur cria-t-elle, avant de fermer la lourde porte d'entrée.

— OK !

— OK !

— OK !

Ce soir-là, après le repas, alors qu'Ewen avait laissé la porte de sa chambre ouverte, elle toqua discrètement.

— Vas-y. Entre, lui dit-il d'un ton triste.

— Ça va ? lui demanda-t-elle doucement en s'asseyant sur son lit, alors qu'il se trouvait à son bureau.

— Je me change les idées, tu vois, en bossant mes cours, dit-il de façon ironique.

— Ouais, génial… approuva-t-elle, relevant l'ironie. Tu veux me raconter ?

Elle hésita, ayant peur de souffrir s'il lui racontait trop de détails sur sa relation avec Olga. Mais ajouta tout de même, car elle voulait le soutenir :

— Tu veux me raconter pour Olga ?

— Bah ! Il n'y a pas grand-chose à dire. Elle a été voir quelqu'un d'autre…

— Mince… Je suis désolée.

Marina était réellement désolée de voir Ewen souffrir, même si elle ne l'était pas réellement concernant sa rupture.

Elle se rapprocha de lui et lui proposa doucement, en ouvrant les bras :

— Câlin réconfort ?

— Câlin réconfort, répondit-il en l'enlaçant.

Comme c'est agréable, pensa-t-elle, de me retrouver dans ses bras. Mais elle le lâcha au bout de quelques secondes, car elle savait bien que ce n'était pas le bon moment, la rupture entre Ewen et Olga était encore trop récente.

Les semaines passèrent. Les étudiants avaient réussi à franchir l'étape des partiels, pas toujours sereins, Cela avait été stressant, fatigant, mais l'essentiel pour eux, était finalement d'avoir réussi à obtenir des notes correctes.

Vincent était le plus doué d'entre eux, tandis que Marina et Angéline se contentaient d'avoir tout juste la moyenne, Ewen se trouvant entre les deux extrêmes.

Lorsque Marina arrivait dans une pièce, alors que ses trois colocataires s'y trouvaient déjà, ces derniers adoraient la taquiner.

Ewen faisait semblant de dire à voix basse :

— Tiens ! Voilà l'habitante du placard à balai !

Puis, Vincent renchérissait :

— Alors, Harriette Potter ? Tu as retrouvé ta liberté ?

— Ouh ouh ! Attention, elle va nous jeter un sort ! ajoutait Angéline, en leur faisant un clin d'œil.

À chaque fois, surprise par cette vague de taquinerie et de bonne humeur, Marina riait avec eux, en disant :

— Vous racontez vraiment n'importe quoi ! Vous allez voir un peu, je vais tous vous transformer en crapauds !

Elle savait qu'ils aimaient gentiment la taquiner et eux savaient qu'elle prenait bien la plaisanterie. Alors, pourquoi se priver de bonne humeur ? pensait-elle.

Il est vrai qu'à présent, elle regrettait d'avoir accepté de louer une chambre aussi minuscule, mais pour rien au monde elle n'aurait donné sa place à quelqu'un d'autre, elle aimait tellement ses colocataires qu'elle ne voulait plus les quitter.

Tant pis, je suis l'habitante du placard à balai ! pensait-elle alors avec humour.

Les mois passèrent. Le mois de mai et ses examens leur procurèrent de vives émotions.

En voyant que l'année universitaire arrivait à sa fin, Marina commença à avoir le cœur gros. Vis-à-vis d'Ewen, elle en était même paniquée, car elle se rendait compte que s'ils réussissaient leurs examens l'un et l'autre, ils ne se verraient plus pendant les quatre mois d'été. Il lui était impossible d'envisager cette possibilité.

Dans ces moments de vague à l'âme, elle omettait un aspect positif : les quatre étudiants avaient décidé de relouer ensemble le même appartement haussmannien de cent quarante mètres carrés, pour la prochaine année universitaire. Ils en avaient parlé au propriétaire qui avait été très content de l'apprendre, heureux de ne pas avoir à chercher de nouveaux locataires. Mais les retrouvailles ne se feraient que début octobre…

Pour fêter la fin des examens, Marina avait décidé de confectionner des Cookies qui, au parfum envoutant de chocolat qui se répandait dans l'appartement, promettaient d'être exquis. Elle en avait déjà mis une dizaine dans le four avant qu'Ewen n'arrive, mais il lui restait encore à préparer la deuxième fournée.

Ewen l'aidait du mieux qu'il pouvait. Il appréciait tout particulièrement les tâches simples, comme celles qui ne demandaient aucune technicité. Mais ce qu'il aimait avant tout, c'était être auprès d'elle. La jeune étudiante sentait toujours bon la vanille.

Peut-être parce qu'elle cuisine beaucoup de pâtisseries… pensait-il.

Plus pragmatique, Vincent, quant à lui, se disait que c'était sûrement dû au flacon de parfum qu'il voyait tous les matins au-dessus du lavabo et qui portait le nom terriblement énigmatique de *L de Lolita Lempicka*.

— Que veux-tu que je fasse ? lui proposa donc Ewen, en se mettant debout à côté d'elle, face au plan de travail.

— Tu as des biscoteaux ? lui demanda-t-elle, en plaisantant et en parlant, comme si elle avait revêtu le costume d'un adjudant.

— Oui, chef ! lui répondit-il, en montrant ses biceps et en souriant.

— Tu es un homme fort ? continua-t-elle sur le même ton.

— Oui, chef !

L'air satisfait, elle lui dit donc, d'une voix plus douce :

— Bon, alors, je vais te demander de couper le chocolat en pépites !

— No problemo, chef !

— Euh ! Un peu de respect jeune homme ! On ne dit pas « no problemo » à son chef ! lui répondit-elle, en commençant à rire.

— Le chef, il va se calmer et il va être moins autoritaire ! continua-t-il, sur le ton de la plaisanterie, sinon...

— Sinon ? lui demanda-t-elle en souriant.

Ewen commença alors à la chatouiller, ce qui la fit rire. Elle s'éloigna et prit une petite poignée de farine qu'elle lui lança au-dessus de la tête.

— Tu vas voir ! lui dit-il.

Très joueur, Ewen lui courut après, à travers la cuisine. La bataille de farine avait commencé.

Ils riaient et s'amusaient comme des enfants.

Lorsqu'il réussit enfin à l'attraper, il la serra très fort dans ses bras musclés. Marina et Ewen avaient rarement été aussi près l'un de l'autre. Il hésita, son visage frôlant celui de la jeune femme. Ils se calmèrent et restèrent quelques secondes ainsi.

Ewen ne savait que faire. Il desserra ses bras. Marina ne se dégagea pas de son étreinte, qui était pourtant légère. Elle resta là.

D'habitude, il la chatouillait, elle riait, il desserrait son étreinte et elle s'éloignait. Mais, cette fois-ci, elle demeurait blottie tout contre lui.

— Marina ? lui demanda-t-il à voix basse pour ne pas la brusquer. Il savait pourtant que dans ces moments-là, il ne vaut mieux pas parler, mais il s'inquiétait de ne pas la voir bouger.

Tu as la tête qui tourne ? lui demanda-t-il.

— Non, répondit-elle, à voix basse. Je veux juste rester là.

— D'accord ! Restons comme ça, alors, lui dit-il en la serrant affectueusement.

Puis, il baissa son visage en effleurant sa joue et tout naturellement, l'embrassa.

Ewen avait enfin compris que son amour était réciproque.

TABLE

1 Rire aux larmes   7

2 Actrice   19

3 Gourmandise   47

4 Dix ans ont passé…   57

5 Angéline   87

6 Scrabble et chocolat   101

7 Colocation   121

MERCI

Je voudrais remercier tous ceux qui, malgré les difficultés, continuent de me soutenir.

Ma famille proche : Gilles, mes enfants Deborah et Evan, ma mère Danielle et surtout ma sœur Aurélie qui, s'implique toujours et encore dans mon activité d'écriture et continue de m'épauler.

Mon amie d'enfance, l'auteure jeunesse Isabelle Le Tarnec qui corrige à chaque fois mes écrits avec minutie, sans oublier son aide précieuse dans la mise en page et son soutien au quotidien.

Mes amies fidèles : Chris, Marie-Claude, Isabelle d'Orléans, Stéphanie et Anne-Laure qui, encore une fois, m'ont aidée dans ce nouveau projet. Elles ont pris sur leurs temps pour me donner leurs avis et sont là, dans les bons comme dans les mauvais moments.

Mes nouvelles amies internautes, à qui j'ai voulu rendre hommage dans la nouvelle « Actrice » de ce recueil, ces « amies virtuelles » comme on les appelle qui, par leurs encouragements, m'ont tant aidée à avancer : Lily, Céline, Marianne, Aurélie, Sophie, Amélie, Anaïs, Noémie, Emilie, Violaine, Audrey, Constance, Marie, Vanessa et Elodie. Sans oublier Morgan.

Et tous ceux qui me soutiennent, rien que par leurs mots, ce qui est déjà beaucoup : Sandrine Jonchère-Choffel (auteure entre autres de « L'Enchan-thé »), Marc Levy (qui malgré le nombre de ses fans prend le temps de m'encourager), Christian Drillaud (auteur entre autres de « Tombent les masques » auquel j'ai participé pour la correction), Lucie Hubert (dont j'ai adoré « Un enfant de la mer »), Nathalie Desperches-Boukhatem, l'aquarelliste aux nombreux talents, Gilles Legardinier qui un jour m'a dit « Ne lâchez rien ! », la même phrase dite quelques jours auparavant par Angélique Lily tout comme elle m'a aussi été dite quelques jours plus tard par l'une de mes amies Bella. Autant dire que tous ces petits mots m'incitent à poursuivre ma route dans la voie de l'écriture !

Je remercie également Jean-Marc, Karine, ma tante Annie, Elodie, Laure, Véro, Camille, Jessica, Angélique, Romy, Céline, Sylvie, Amélie, Isabelle, Nadine, Valérie, Rose, Jean-Pierre, Antoine, Pascal d'être là au fur et à mesure des années qui passent.

J'espère n'avoir oublié personne.

***

Cher lecteur, chère lectrice,

Si tu as aimé ce livre et si tu veux me soutenir, n'hésite pas à mettre ton avis sur Amazon, Babelio, Livraddict ou sur les autres plateformes.

Tu peux aussi me suivre sur mon Facebook ou mon Instagram « Carole Ewan Auteur(e) ».

Je te remercie de tout coeur.

***

Je tiens juste à ajouter avant de conclure l'écriture de ce livre que « Les personnages et les situations de ces récits étant purement fictifs, toute ressemblance avec des personnes ou des situations existantes ou ayant existé ne saurait être que fortuite. »